戦闘員

暁なつめ
NATSUME AKATSUKI

カカオ・ランタン
KAKAO LANTHANUM

派遣中！

1

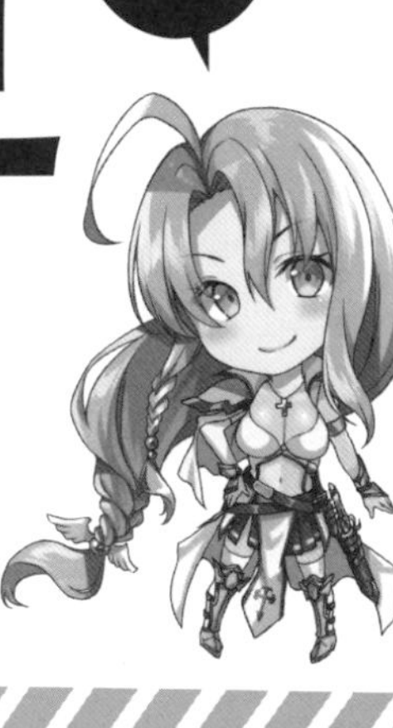

Kadokawa Fantastic Novels

序章

「……可以再請教一次嗎，你來自哪個國家？」

「日本。可以唸成泥碰也可以唸成泥鬨還可以唸成酒片，隨妳高興。」

「……不好意思，我沒聽說過日本這個國家……」

「這也不能怪妳。因為那是個遠東地方的渺小島國。」

「呃……然後，你寫在履歷上面的，之前的工作單位是『祕密結社如月』這間公司，可以請教一下到底是怎樣的一間公司嗎……」

「由於是祕密結社所以要保密。」

「這、這樣啊……那、那麼，請問履歷上面的專長這一欄當中所寫的……全方位型回轉鋸劍……？這是什麼呢？」

「是必殺技。」

「……必殺技？」

「沒錯，是我的必殺技。我靠這招撂倒了眾多英雄。」

「……英雄又是什麼呢？」

「是敵人。」

「這、這樣啊……不好意思，從剛才開始就一直問問題……呃，換句話說，我可以當作你是擁有戰鬥能力的人，這樣沒錯吧？」

「是的，這樣就對了。」

「——因為我之前的工作是戰鬥員。」

第一章

派遣諜報員

1

有一間企業名叫「如月」。

如今，那已經是地球上無人不知無人不曉的大企業了。

現在，我人在如月企業總公司的會議室裡。

「──事情就是這樣，六號。你聽懂了嗎？」

「六號，聽懂了嗎？」

「有聽沒有懂。」

聽我如此秒回，幹部們嘆了口氣，像是在表示這個傢伙的理解力未免也太差了一般。

「……那麼，我再說明一次。戰鬥員六號。我們祕密結社如月將派你以先遣部隊的身分進行諜報活動。你的任務包括當地生物的生態調查，若是有原住民，則必須偵查其軍事力。然後，也要調查當地有沒有具備侵略價值的資源和土地。」

「喔……」

到這裡為止我都聽得懂。

沒錯，到這裡為止都是一如往常的任務。

「然後，我們要派遣你前往的地方是外太空行星。這樣你聽懂了嗎？」

「聽懂了嗎？」

「還是聽不懂。」

聽我再次秒回，兩位大幹部露出困惑的表情。

有著一頭及腰的亮澤長黑髮，美到甚至令人感覺到寒意的是冰結之阿斯塔蒂。

有著一頭火紅的波浪捲髮，毫不吝惜地秀出豐滿身材的是業火之彼列。

這兩位女幹部身上穿的是和泳裝沒兩樣的暴露服裝，而且平常就將這些名號掛在嘴邊，自稱得很開心。

從剛才開始便不斷對我說明的冰結之阿斯塔蒂再次嘆了口氣。

「……六號，你到底是哪裡不懂？我說的這些沒有那麼難以理解吧？意思不過是命令你潛入目的地去當間諜耶。」

一旁的業火之彼列也不住點頭。

「任務的部分我懂。我不懂的，是外太空那個部分。不管是妳們兩位那身奇怪的角色扮演服，還是聽起來就有毛病的自稱，我都還可以勉強配合……但都已經這麼大一個人了還說什麼外太空行星，就算是我也會退避三舍喔。」

「你、你這個傢伙，不准說幹部制服是角色扮演服！」

「聽起來有毛病！六號，你是這樣看待我們的嗎！」

兩位幹部激動了起來。

「不，妳們兩位說些奇怪的話我已經司空見慣了，但是今天特別誇張喔。是不是看了異世界轉生類的動畫作品被影響了啊？」

「你、你這個傢伙還越說越過分了！聽好了，戰鬥員六號！現在，我等祕密結社如月即將達成征服世界的目標。這個你知道吧？」

「嗯，我知道。」

儘管額頭上冒出青筋，阿斯塔蒂還是耐著性子對我說明。

征服世界。

沒錯，就是征服世界。

我任職的這間公司自稱是邪惡組織，為了支配地球幹盡了各種壞事。

現在說著這些的我，也在進公司的時候接受了改造手術，作為一名戰鬥員，被叫去做牛做馬。

以征服世界為目標，已經成長為一點都不祕密的超大型企業，也是邪惡組織——祕密結社如月。

如今已經沒有任何國家能以軍事力量壓倒這個巨大組織，只能透過經濟方式進行微弱的反抗，不過一般認為征服世界也只是時間早晚的問題了。

「那麼你覺得，征服世界的目標大功告成之後，你們戰鬥員會怎樣？」

我不懂阿斯塔蒂的問題是什麼意思，歪著頭說：

「……？征服世界的工作結束之後，我們就是支配者了，剩下的生涯就可以享盡酒池肉林的放蕩生活了吧？」

「愚蠢之徒。是大規模裁員。」

「「咦！」」

聽了阿斯塔蒂的回答，感覺被完全切割的我和彼列同時驚叫。

「裁員……等等喔，咦咦？意思是，我們會被炒魷魚嗎？」

「沒錯。」

會議室陷入一片寂靜。

「……喂喂喂喂！妳、妳這個傢伙事到如今在發什麼神經啊！動不動就派我去做牛做馬出生入死，利用完就想把我給扔掉嗎，妳這個冷血的女人！甚至還對我進行改造手術摧殘我的完好之身，妳給我負責喔！具體說來最好是讓我跟妳同居當個好主夫喔，拜託！」

「吶，我也是嗎！我這個負責戰鬥的幹部也會被裁員嗎！」

我和彼列上前揪住阿斯塔蒂，但她依然如同冰結這個別名一般維持著冷靜的表情……

「好了好了，你們兩個冷靜一點……你、你夠了喔六號，讓我依序把話好好說完，不要抓我的衣服……要歪掉了要歪掉了！別這樣啦！幹部制服的布料沒多少，危險危險！」

……漸漸變成大口喘著氣，帶著害怕的表情，淚眼汪汪的阿斯塔蒂抱著自己的身體，和我們拉開了距離。

「真是的，你們兩個把話聽完好嗎！首先是彼列。妳是最高幹部之一，不可能被裁員。而且征服世界的工作完成之後依然需要維持最低限度的軍事力量——然後，戰鬥員六號。」

不同於放心地鬆了一口氣的彼列，身為基層戰鬥員的我心驚膽顫了一下。

阿斯塔蒂像是看穿了我內心的這種想法，視線緊緊盯著我。

「你和彼列不一樣，只是個普通的戰鬥員。話雖如此，你也是從如月剛起步的時候待到現在的成員。和我們這些幹部的關係也相當親密，幾乎可以算是最高幹部之一了。」

「既然如此，可以稍微幫我加點薪嗎？我從高中的時候就一直待在這裡了，可是薪水還是和工讀生時代沒什麼兩樣……」

「但是！如果只優待你一個人而忽略其他戰鬥員，我們的組織將就此瓦解！」

居然把薪水的話題蒙混掉了。

「……不然妳們想怎麼辦？要是妳敢說這種時候為了公平起見就抽籤決定要裁誰的話，我人再怎麼好，也會用這副經過改造的身體痛扁妳喔。」

「愚、愚蠢之徒，所以才會演變成我剛才說明的那件事！」

或許是感覺到我有那麼一點認真吧，阿斯塔蒂以弓著腰的退縮姿勢拉開了距離，同時對我這麼說。

「所以說，六號。支配了地球之後，我們再找一個新的地方來支配就可以了。裁員這件事我也是剛才第一次聽說，但是之前大家就討論過很多事情了。像是沒有戰爭之後，大家的工作都會變少，或是占領之後必須致力於統治，所以沒辦法亂花錢之類。」

彼列也在阿斯塔蒂身旁對我這麼說。

「所以才會提到外太空星球什麼的是吧？應該說，如果有那種科技的話，我早就到一個只有巨乳美女的世界去了。不過再怎麼說，也應該先從前往火星或金星的科技開發起吧。」

我帶著看傻瓜的眼神這麼說之後，兩人露出欲言又止的表情。

「……那件事的後續，就到莉莉絲的房間談吧。六號，跟我來。」

不過阿斯塔蒂先是這麼說，又帶著前所未見的認真神情轉過身，於是我也只好不解地歪著頭跟上前去了——

——只有三位的最高幹部當中的最後一位，黑之莉莉絲的研究室。

這裡雜亂地擺著許多我不知道到底具有什麼用途的莫名物體，而當中有一樣特別醒目的東西……

「六號。你知道這是什麼嗎？」

說著，阿斯塔蒂攤手指向一樣東西。那是個連接著某種大型機械，尺寸足以容納好幾個人的玻璃艙。

「這是什麼啊？感覺很像電影中出現的那種用來傳送還是幹嘛的機器。」

就在這個時候。

這間研究室的主人在房間深處放聲表示：

「你說的沒錯，六號！你這個人笨歸笨，直覺倒是很敏銳呢！」

說我笨的那個人，是將一頭黑髮剪成妹妹頭，身穿實驗衣的美少女，黑之莉莉絲。

在我身上動了改造手術的也是她，是個應該冠上瘋狂來稱呼的研究員。

「什麼意思啊……咦，這真的是用來傳送的嗎？就憑這種看起來像破銅爛鐵的東西？」

「說什麼破銅爛鐵啊，真沒禮貌。這可是或許能夠解決所有被視為人類命題的問題的，我所創造出來的最高傑作之一耶！」

看著平常陰陰沉沉，現在卻興奮到極點的莉莉絲，阿斯塔蒂皺起眉頭。

「莉莉絲，妳怎麼又穿實驗衣啊。幹部制服呢，怎麼不穿幹部制服？」

「我才不要呢，丟臉死了。而且穿實驗衣比較有科學家的感覺吧？我就趁這個機會說好了，妳們兩個看起來有夠像出現在廉價色情片裡面的角色扮演女郎。」

「啊，我也這麼覺得。」

「「你、你們說什麼！」」

或許是事到如今才大受打擊，阿斯塔蒂和彼列都動也不動了。

話說回來，現在的重點也不是她們兩個。

「是說……那還真的是傳送機啊，居然又搞出這麼不得了的東西。莉莉絲大人是世界第一的科學家這件事我在組織裡面也時有耳聞，不過我一直以為妳是只會把錢花在無謂研究上的米蟲呢。」

「你……你這個人還是老樣子，對上司說話也口無遮攔呢。」

我沒有理會那個有點受到打擊的小丫頭，仔細端詳著玻璃艙。

「所以，這和我的任務有什麼關聯？」

聽我歪著頭這麼說，莉莉絲的眼睛閃閃發亮，好像我問出了一個好問題的樣子。

「你覺得有沒有外星人？」

「應該有吧？我也不知道就是了。」

畢竟我們的祕密結社裡面都有怪人了，社會上還存在著英雄那種神祕的團體。

既然如此，浩瀚的宇宙當中有任何存在，事到如今我也不會覺得奇怪了。

「這個宇宙當中，目前光是經過確認的就已經有好幾個和地球極為相似的行星了。上頭有水、有綠色植物……距離恆星近得恰到好處，大小也跟地球差不多的這種感覺的行星……所以了，我們要犒賞平常很努力的你。」

犒賞我？

莉莉絲盯著一臉疑惑的我說。

「難道你對外面的世界沒有興趣嗎？這個廣大的宇宙當中，懸著數也數不清的恆星。每一個恆星的周圍更有許多行星圍著它打轉。換句話說，正如天文數字這個詞彙所示，宇宙當中存在著無數的世界，多到讓人都懶得去數了。」

莉莉絲似乎越說越興奮了，她的臉色開始泛紅，還展開雙手暢所欲言。

「那正是未知的世界。或許是只有未開化的原始人的行星。或許是文明遠比地球還要發達的行星。更有可能是你最喜歡的，劍與魔法的世界。難道你不想去那種世界嗎？」

「意思是或許也有無論我做什麼都會無條件受到喜愛的行星，或是因為審美觀不同而認為我是超級型男的行星，以及除了我以外沒有任何男人的行星是吧。也就是說妳會用傳送機把我送到那些行星去嘍。那就趕快動身吧，我隨時都可以上路。」

因為我像連珠炮一般這麼說而有點嚇到的莉莉絲轉過身去，對著研究室深處招了招手。

「這、這樣啊，既然你答應去就好了。還有，我們不會只派你一個人過去……愛麗絲，過來。」

隨著她的呼喚現身的，是一個身穿白洋裝，金髮碧眼的小女孩。

年紀差不多是小學六年級吧？

那個傢伙揹著和她嬌小的身體相較之下顯得太大的背包，走得有點搖搖晃晃。

「這個小鬼是怎樣？我最討厭小孩了。」

「小鬼是在說我嗎？基層戰鬥員跩屁啊。」

…………

「哦？剛才說話的人是妳嗎？妳說什麼啊死小孩，我就算面對小孩子也不會手下留情喔。我好歹也是邪惡組織的戰鬥員，妳可別瞧不起世界第一的大企業如月啊。」

「對我暴力相向的話，我的內建動力爐就會失控，這一帶也將會整個消失。如果你覺得無所謂的話就儘管試試看吧。還有，我的正式名稱不是死小孩，而是如月公司製造的美少女型仿生機器人。」

……仿生機器人是說真的還是假的啊。

不對，總覺得她的音質和表情都隱約有點機械感，說起來是有那種感覺。

「看來你們很快就混熟了呢，這樣我就放心了。那麼我來正式介紹一下。這個孩子是愛麗絲。是打造出來支援你的高性能仿生機器人，也是我的另外一項最高傑作。」

「我和你們那些性命不值錢的戰鬥員不一樣，組織花費了龐大開發費在我身上，所以你可得好好珍惜喔。而且我聽說你是個笨蛋，所以到了當地，要動腦的工作就交給我吧。」

「……不好意思，我不需要這種嘴賤又危險的破銅爛鐵。」

說著，我站到玻璃艙前面確認自己的武裝。

右邊腰際插著慣用的手槍。

腰帶上掛滿了備用的子彈。

另一邊腰際插著以前拿獎金買的，我最愛用的戰鬥小刀。

對於要前往未知的世界，老實說這樣的裝備讓我有點不太放心……

「看你的樣子，應該是已經下定決心要去了吧。」

阿斯塔蒂已經從被說成角色扮演女郎的打擊當中振作了起來，平常冰冷的表情也變成了柔和的笑容，同時這麼說。

……那個笑容，就是被近乎詐欺的海報釣中之後，在工讀的面試中遇見她的時候，害我決定在祕密結社這種可疑組織工作的，我最喜歡的笑容。

害我嘴上再怎麼抱怨還是弄髒自己的手幹盡了壞事，甚至不惜投身於對抗世界戰爭的，也是那個笑容。

「我去。我當然會去！簡單來說就是那樣對吧？誰教我是所有戰鬥員當中最出類拔萃，最足以代表如月公司的一個對吧！」

我幹勁十足地這麼說，阿斯塔蒂當然也會用力……

「咦？……對、對啊，就是這樣！就是這樣沒錯！我想說所有戰鬥員中能夠勝任如此重責大任的就只有你了！」

「喂，妳們是怎麼決定的啊？彼列大人，妳們是怎麼選出先遣隊人選的？」

我沒有理會並未用力點頭回應的阿斯塔蒂，而是改問還蹲在房間角落喃喃自語個不停，感覺不會說謊的彼列。

「才不煽情……幹部制服才不煽情呢…………咦？你問怎麼選的？我記得是阿斯塔蒂擲骰子……」

「我很期待你的表現，戰鬥員六號！好、好了，時間不多，你趕快進去吧！」

阿斯塔蒂打斷了話說到一半的彼列，用力把我推進玻璃艙裡。

……要是我平安回來，一定要叫她幫我加薪到幹部水準。

「對了，碰到需要武裝和其他物資的時候，就透過這個小型傳送機傳便條回來吧。用這個傳送便條的時候，我們就可以透過植入你跟愛麗絲體內的晶片得知你們當下的座標。」

說著，莉莉絲將一樣看起來像手錶的東西交給我和愛麗絲，像是要我們放心似的嫣然一笑。

我才在擔心裝備太寒酸呢，這下得救了。

不知道她們要送我去怎樣的地方，不過既然可以隨意使用如月公司的裝備，無論要對付任何對手我都不怕了。

在我進入玻璃艙之後，那個嘴賤的沒用機器人也擅自走了進來。

「喂，妳叫愛麗絲對吧。妳剛才說自己被攻擊會造成動力爐失控，這樣沒問題嗎？妳可千萬別自爆喔。」

「自爆可是壞人的浪漫耶。不過你放心，我好像是打造出來支援你用的。要是害死該支援的對象可就沒戲唱了，所以我會考慮時間和地點。」

我明明是叫她不准自爆啊，這個傢伙真的沒問題嗎？

「戰鬥員六號。」

阿斯塔蒂面無表情地叫了我的名字，那冰冷的臉孔正是她的別稱的由來。

然而，她的臉孔立刻垮了下來，表現出不安。

「就是……該怎麼說呢。我和你的交情，從你還是學生的時候就已經開始了。剛才我也說過，我把你當成這個組織的最高幹部之一。這並不是謊言。」

這個女人在我出發之前突然說這些幹嘛？

我以工讀生的身分加入這個組織的時候，還是高中一年級的學生。

然後，我們在很短的期間內就支配了這個世界的一大半。

我們和軍隊對戰過，也曾經和自稱是英雄的全身緊身衣變態團體展開死鬥。

甚至還曾經和那些變態操縱的，讓人很想說有那種程度的科技技術的話，應該有更多事情可以做的合體變形機器人戰鬥過。

這些經驗都非常危險而且很沒天理，我都不知道吼過幾次要辭職了，不過……

「和大家一起在這個組織當中活動，我很開心。我不知道會發生什麼事情，也無法保證自己可以平安回來，但還是有點期待這次要去的地方。總之，我會盡己所能順利回來的。然後，等我回來之後，請把我的薪水加到跟幹部一樣。」

「你這個笨蛋。這種時候應該要好好保證自己可以平安回來吧。我們三個會一直等你回來的。等你回來之後就讓你當第四個最高幹部，然後自稱四天王也不錯。」

對於我的懷舊情緒，阿斯塔蒂露出無畏的笑容這麼說。

……話說回來，我已經快要二十歲了，都這個年紀還自稱某某四天王挺丟臉的耶……

「嗯～～我還是好想去喔……六號好好喔～～可以去未知的世界冒險。早知道就在骰子裡灌鉛擲出我的數字了。」

「……在骰子裡灌鉛？怎麼，彼列大人也在候選名單上面嗎？」

對於我的提問，彼列一臉「你在說什麼啊」似的笑了。

「當然有我啊。骰子的1、2是阿斯塔蒂，3、4是我。5是莉莉絲，6是你。阿斯塔蒂說，一開始一定要從值得信任的成員當中挑選才行，所以決定從我們四個當中挑。而且明明是她自己說為了公平起見要擲骰子決定，結果骰出6的時候還鬧彆扭，說什麼這太危險了還是我自己……」

「好！那麼，你準備好了嗎，戰鬥員六號！接下來，我要正式交辦任務給你！」

正當彼列打算告訴我一件好像非常重要的事情的時候，阿斯塔蒂以拔高的聲音打斷了她，而且臉都紅到耳根子去了。

什麼嘛，她還真的把我當成幹部看待啊。

而且還很重視我嘛。

……害我都有點鼻酸了。

眼看阿斯塔蒂儘管紅著臉還是設法裝得面無表情，我說：

「……阿斯塔蒂大人，出發前我可以抱妳一下嗎？」

「我要交辦任務！給你的指令有兩個。首先第一個，在當地建立安全無虞的基地，然後在基地組裝傳送機，確保在當地與地球之間往返的手段，並且順利歸來。關於這個部分，主要是由愛麗絲負責的任務。」

阿斯塔蒂完全沒有理會我的發言，而彼列看著這樣的她笑得很賊。

「喂，六號，出發之前就別說抱她一下了，乾脆親下去吧。這種時候阿斯塔蒂也不會生氣的啦。」

「要是你敢這麼做我就凍結你！真是的，又害我說明不下去了！……第二個，是調查當地的戰力、資源，以及土壤。這個任務除了讓戰鬥員可以繼續工作以外，還攸關地球現在面臨的各種問題，像是人口增加導致的食物短缺，戰爭導致的土壤汙染，海拔上升導致的可居住區域縮小等等。如果我們即將派你過去的行星適合人類移居的話，或許能夠一舉解決這些問題。」

……咦！

「等一下，這該不會已經不只是組織的問題，而是攸關地球命運的重大任務吧？」

「那是當然，所以這次任務只許成功不許失敗。要是失敗了你根本就回不來，所以你可得當心喔。正如莉莉絲剛才說的，想要什麼裝備就寫便條傳送回來。話雖如此，目前能夠傳送的也只有這個玻璃艙能夠容納的東西就是了。」

……原來如此。

換句話說組織將以完整後援態勢來協助我，裝備也隨便我用，應該是這樣吧。

「然後，每個星期要報告進度一次……一定要確實讓我們知道，你去那邊出任務也過得很好。」

說著，阿斯塔蒂輕輕笑了一下。

正當我打算全力對這樣的阿斯塔蒂抱緊處理的時候，就被踹進玻璃艙裡了。

「——那麼，你們準備好了嗎？」

面對玻璃艙裡面的我和愛麗絲，莉莉絲進行最後確認。

阿斯塔蒂在她身邊低著頭，雙手抱胸，而彼列則是一臉擔心地緊緊貼在玻璃上，簡直就像是要把我的長相烙印在眼底似的，一直盯著我看。

「妳們要送行的話可以更輕鬆一點嗎，害我都有點緊張了。」

聽我這麼說，阿斯塔蒂表示：

「是啊……說的也是。你都已經有所覺悟了，我們卻窮操心的話，只會造成你的不安吧……我會祈求你的平安，戰鬥員六號。」

她一臉認真地對我這麼說，簡直就像這輩子不會再見面了似的。

「妳也太誇張了吧。老實說，我不覺得這次會是長期出差喔。只要一開始就占領一棟感覺可以當個好據點的建築物，就可以趕快組裝傳送機，馬上就能往返兩地了吧。」

「但還是會擔心啊。就連傳送本身會不會順利都不知道吧？」

對於我樂天的發言，彼列一臉失落地表示。

「放心啦，莉莉絲大人怎麼可能失敗呢。她可是世界第一的科學家耶。」

「「…………」」

聽我這麼說，阿斯塔蒂和彼列不發一語地看著彼此。

在她們兩個身旁，莉莉絲也默不作聲，繼續準備送我們上路。

「我有件事想問莉莉絲大人，傳送的成功率有多高啊？傳送實驗做了幾次？還有，妳說要傳送到現在觀測到的其他行星上，應該可以精準且分毫不差地傳送到行星的地表上吧？」

「傳送實驗的成功率目前是１００％。實驗次數我要保持緘默。關於能不能分毫不差地送你們過去這點，我也要保持緘默。」

「不好意思，我還是不出這次任務好了。」

我說完正打算離開玻璃艙的時候，愛麗絲卻抓住我的手臂不放。

「喂，廢物，別妨礙我。讓我先離開這裡一下。」

「事到如今你在怕什麼啊？沒事勤備份是常識好嗎，小嘍囉。」

……這個傢伙果然是個廢物嘛！

「妳白痴喔，本大爺是尊貴的人類，不像妳可以存檔讀檔好嗎！還有，要是妳不想在那邊碰上不幸的意外的話就別叫我小嘍囉！」

「喂，放吼，不要拉偶的臉頰，人工皮呼會鬆掉。那我不叫你小嘍囉就是了，不過你也要叫我愛麗絲小姐。」

「嗯。反正繼續這樣拖拖拉拉下去也不會有進展，直接送你們上路好了。」

正當我在拉扯著愛麗絲的臉頰的時候，莉莉絲說出這種駭人聽聞的話來。

這時，罩著我和愛麗絲的玻璃艙突然噴出了煙。

「噗哇！莉莉絲大人，怎麼有煙！噴出一大堆莫名其妙的煙來了！」

「為了盡可能減少你們帶過去的細菌，那是用來殺菌的。還有，要是在當地感染了未知疾病，我們也不能讓你回來，千萬要小心。」

聽見她這麼危言聳聽，我終於決定要打破玻璃艙，但是愛麗絲不斷妨礙我。

「……戰鬥員六號！憑你經過改造的肉體和我們開發出來的戰鬥服，無論處於任何環境你應該都能夠適應。祝你順利歸來！」

「我相信你一定可以平安回來的！記得帶伴手禮喔！」

「呃不是啊，等等、等一下啦！喂，應該還有很多事情該做吧，像是多實驗幾次之類的啊！聽我說啊，喂！」

聽了阿斯塔蒂和彼列的發言，我拚命大喊。

「你聽好了，六號。目前沒有失敗過任何一次所以成功率是１００％。可是，如果實驗好幾次之後發生意外的話呢？沒錯，成功率就不是１００％了。換句話說，反覆實驗會降低成功率，害得你安全抵達當地的機率也跟著下降。」

……我瞬間思考了一下莉莉絲的發言。

「哪有這種事啊，妳計算機率的方式太奇怪了吧！妳絕對不是天才科學家吧！俗話說天才和笨蛋只有一線之隔，我看妳就是跨過那條線的笨蛋！」

「沒、沒禮貌！你這個傢伙還是一樣，太過亢奮就會口無遮攔。竟然敢對全世界都想要的我的頭腦說那種話，我看在這個世界上也只有你一個人了吧。那麼，你就安心上路吧，戰鬥員六號！期待你的好消息！」

說完，莉莉絲便啟動了傳送機——！

「妳這個小丫頭給我記住，等我回來妳就要倒大楣了——！」

2

從傳送完成的那個瞬間開始，強烈的冷風便不斷吹打著我的臉孔。

我戰戰兢兢地睜開眼睛，發現——

「笨蛋！那個女人果然是笨蛋！是個大笨蛋！嗚哇啊啊啊啊啊我不想死我不想死我不想死！」

「不要只會哭鬧，冷靜一點。根據我的目測，這裡到地表的距離大約三萬公尺。距離我們直接衝撞地面沒剩多少時間了。」

被傳送過來的我，人在足以讓地表看起來很朦朧的高空。

「在這種狀況下我要怎麼冷靜啊！愛麗絲，妳號稱高性能對吧！其實可以變形成飛行模式對吧？是這樣沒錯吧！」

「我內建的只有自爆功能。」

「妳這個廢物————！」

正當因墜落而起的風聲不斷在我耳邊呼嘯的時候，和我一樣正在高速墜落的愛麗絲將她背上的背包遞給了我。

「好了，把這個揹起來吧。我和莉莉絲大人這麼聰明，早就料到會有這種事情了。要是將傳送座標設定在接近地表的地方，只要計算稍有誤差就會害我們肝腦塗地。」

我接過背包仔細一看，發現是如月公司製造的降落傘。

這是空降作戰專用的特製降落傘，即使身穿重到不行的戰鬥服也支撐得住。

我遵照愛麗絲的吩咐揹起背包，結果她也緊緊巴在我身上。

「妳自己沒有喔！」

「預算不夠啊，該放棄的部分就只能放棄了。開傘的時機交給你判斷，可別出差錯喔。要是我摔在地上的話，周邊區域都會被夷為平地。」

帶著這個傢伙本身就是一種懲罰吧！

心情因為揹著降落傘而變得比較輕鬆的我，再次俯瞰地表。

「喂，愛麗絲，妳看那邊，看起來好像是城鎮耶。」

「我比較在意的是未開拓地帶之多。看來即使存在著擁有智慧的生物，人口也挺少。」

距離我們的降落預定地相當遠的地方，有個看起來像是要塞都市的城鎮。

都市正中央有一座巨大的城堡，周邊佇立著高聳的城牆，連農地一起圍在牆內。

要塞都市的外面是廣大的紅褐色荒野，接壤在荒野之外的是一整片不見邊際，看起來就像是覆蓋了整個世界的濃密森林。

由於降落花了不少時間而趁機確認了周邊地形的我，在順利完成落地之後喘了口氣。

「……好。愛麗絲，妳馬上把我們的座標傳給那個笨蛋上司。我已經不想管什麼安全的據點還是怎樣的了。叫她把那個傳送機的零件送過來之後就在這裡組裝，我們先回去一趟再說。然後我要揉那個小丫頭的奶子揉到她哭出來，以報我差點被她害死之仇。」

「在這種地方沒辦法組裝喔。因為那是超級精密的儀器，必須在一塵不染的無塵室裡面組裝才行。而且，使用裝置讓移送空間穩定下來需要耗費將近一個月的時間。如果你想回去的話，必須先得到祕密基地才行。」

…………咦！

「……又來了，又被她們陰了！我絕對不會再原諒那些傢伙了！那幾個幹部在問我要不要接受改造手術的時候也是，還說什麼肉體經過強化之後可以增強工作表現，就會有升官發財享受桃花緣的人生等著我！妳知道我現在的薪水只有多少嗎！」

「我不知道你的境遇有多慘，不過你也不需要太悲觀。在如此廣大的行星上，我們就這麼不偏不倚地發現了疑似智慧生物聚落的地方。這樣的起步可以說是非常幸運。我們就先前往在降落途中找到的那個地方吧。」

說完，愛麗絲便朝著那個看似要塞都市的地方邁開步伐。

我們降落的地方在遼闊的荒野的正中央。

就算在這裡哭鬧耍賴，事態也不會有任何進展。

不過，要走到那個地方也不知道得花多少時間⋯⋯

「喂，剛才兵荒馬亂的就先跳過了，現在我正式自我介紹一下。我是至今在任何戰場上都存活下來的，如月公司最資深的菁英戰鬥員。沒錯，我就是戰鬥員六號先生。」

我追上愛麗絲跟在她身後，並且正式報上我的名號。

「我是如月公司製造的美少女型高性能仿生機器人，如月愛麗絲美眉。以立場而言和你一樣是基層職員，所以我准你不必用敬語對我說話。」

「我才是前輩，准不准對方不必用敬語應該是我說才對，不過這就算了。更重要的是，妳到底能做什麼啊？我只會戰鬥喔。啊，說到戰鬥就想到武器！莉莉絲大人不是說了嗎，需要物資的時候就用這個。就算得放棄傳送機，至少叫她送一輛移動用的越野車過來吧。」

這麼說的同時我已經走到愛麗絲的身邊，她卻停下了腳步。

「關於這件事我要說明一下。喂，六號，你的惡行點數有多少？」

——惡行點數。

如月公司之所以是邪惡組織的理由之一就是這個。

組織的每個成員體內都植入了晶片，一旦做了壞事就會換算成點數，累積起來。

我是覺得其實也不需要為了做壞事勉強到這種程度，但是對於我們的幹部們而言，以邪惡組織自居似乎比任何事情都還要重要。

公司內部有一套制度，透過做壞事儲蓄惡行點數，然後用點數交換裝備和獎金。

透過不斷做壞事成為邪惡組織的模範成員，使用點數積蓄獲得高級的裝備，戰鬥的時候就可以有更為活躍的表現。

如此一來評價當然也會變高，階級也可以一直往上升。

而我只幹過一些小奸小惡之事，經常被組織裡的人冷眼看待。

最高幹部們表示，身為如月公司的職員，不能只當普通的禽獸或是小混混，應該立志成為罪大惡極之人。

順道一提，我完全不知道她們想表達什麼。

「現在差不多有三百點吧。」

「……兩個人要用這些點數侵略那座要塞都市應該不太夠吧。沒辦法了，節省點數徒步前往那裡，然後潛入當地進行諜報活動吧。」

在這種狀況之下突然說出侵略兩個字也太誇張了吧。

「……不對，等一下。妳是說要叫她們送物資過來還得用惡行點數嗎？我們公司到底有多黑心啊。這麼重要的大型企畫，照理來說應該多花點錢才對吧！」

「因為清單上還有其他行星，物理上正有如繁星之多。你是行星探索員第一號沒錯，但總有一天也得去調查其他行星，並沒辦法在探索每個行星的時候都花大錢。再說了，征服地球的工作也還沒有完全結束。」

……總覺得在RPG之類的作品裡面，勇者只拿到最低限度的零用錢就被派出去打倒魔王的時候，心情就像我現在這樣吧。

「話雖如此，只會戰鬥的我也沒辦法拒絕就是了。可惡，竟然拿裁員當擋箭牌來搞我，不愧是邪惡組織！」

「不想被裁員的話就好好加油吧。等到這裡能夠住人之後，還得拓荒，並和未知生物戰鬥之類的，到時候你們就不愁沒工作了。至少這裡的大氣成分足以供你呼吸、活動，光是這樣就已經是相當優渥的條件。」

愛麗絲這麼說完，在我的脖子上亂摸了一陣……

「既然如此就更不應該小氣巴拉地說什麼要用惡行點數換，直接傳送最新的裝備給我啊！這樣一來，無論面對任何敵人我六號大爺都好痛！混帳，妳剛才對我打了什麼針！」

「為了避免你感染到未知的疾病，我幫你打了提升免疫力的奈米機器。總之，希望我們接下來要去的要塞都市裡的智慧生物夠好騙。這次選擇的是和地球最為相似的行星，所以在這裡建立文明的是和你一樣的智人種的可能性很高。而且又沒看見摩天大樓，如果是未開化人種，這個任務就輕鬆多了。」

果然是仿生機器人，愛麗絲的表情完全沒有改變，不以為意地說出這種危險的事情。

3

後來，我們不知道在遼闊的荒野上走了多久。

當前方的要塞都市差不多變成肉眼也能夠清晰看見的狀態，來到這個距離時——

「妳這個騙子——！妳不是說這個行星很像地球嗎！地球上可沒有這種東西好嗎，妳這個笨蛋——！」

「現在不是說這種話的時候了，快拔槍！數量很多，你可別失手！」

我們被渾身漆黑，長得像異形一樣噁心的四腳獸包圍住了。

我拔出腰際的手槍，對著躲在我背後的愛麗絲大喊：

「喂，妳也幫忙一下吧！為什麼是機器人拿尊貴的人類當肉盾啊！」

正當我一隻一隻解決掉包圍著我們，出聲威嚇的四腳獸時，她表示：

「我不是說自己是高性能的仿生機器人了嗎？因為高性能，為了追求逼真，我的戰鬥能力也被設計成等同於一般少女的程度。」

「妳這個不中用的廢物，還說什麼高性能，絕對是在騙人的吧！以後妳都要對我用敬語說話！」

我對愛麗絲如此吼叫的時候，一隻四腳獸撲向我。

一開始還想說牠會直接張嘴咬住我，結果原本以為什麼都沒有的背上突然張開了一張大嘴……！

「會、會被吃掉！」

我勉強擋下已經逼近到眼前的巨大獸顎。

「愛麗絲！愛麗絲——！這個傢伙長得這麼瘦，咬合力卻大到難以置信，幾乎和我的力氣不相上下耶！喂，快想個辦法突破現況！我的手！手開始發抖了！」

我都已經經過肉體改造和戰鬥服的強化了，這個世界的生物是怎樣啊！

「我這個廢物怎麼想得到解決之道呢，我就是這麼不中用，不好意思喔，六號先生。」

「算我求妳，快點救我！我收回剛才那句話就是了——！」

在我這麼說的時候，又有第二隻、第三隻四腳獸撲了上來。

我以雙手支撐著眼前這隻的顎部不讓牠闔嘴，同時踹飛另外兩隻四腳獸，趕跑牠們。

「那麼，用你的惡行點數送我一把散彈槍當禮物吧。這樣我就幫你解決。」

「我送給妳就是了，動作快——！」

愛麗絲迅速傳送了便條，此時周圍的四腳獸感覺正想同時撲過來。

就在這個時候。

「●●●●●，●●●●●●●！」

遠從要塞都市那邊傳來了人聲，聽起來似乎是帶有意義的話語。

仔細一看，一群騎著馬的人正奔向我們這邊。

不對，正確說來並不是馬，而是頭上長了角，類似馬的生物。

騎著俗稱獨角獸的幻想生物，穿著鎧甲的團隊一邊大喊，一邊往我們這邊移動。

「來了，六號。我現在就救你，所以你之後要對我用敬語說話！」

聽見這句話，我將視線移了過去，看見的是手持散彈槍的愛麗絲。

離開我背後的愛麗絲把槍口對準了我眼前這隻四腳獸，同時開了槍。

四腳獸隨著巨響飛了出去，倒在地上，發出虛弱的悲鳴。

重獲自由的我撿起掉在腳邊的手槍，瞄準了離我最近的傢伙。

四腳獸們被散彈槍的巨大槍聲嚇得畏畏縮縮了起來，解決這樣的對手並沒有花上我們太多時間——

「——●●●，●●●●●●●●●●●●的！」

結束了戰鬥之後，騎著獨角獸的那群人當中帶頭的那個看似領隊的女人對我們大喊。

由於身上有鎧甲所以看不出體型，不過只看長相也是非常符合我的喜好的那種盛氣凌人的美女。

將一頭淺藍色的頭髮全都撥到後面的那個女人一下馬，就拿劍指著我。

「快●●！●●●●●●什麼！●●●●●●來的！」

我聽不懂她在說什麼，不過可以理解她好像在審問我。

「喂，愛麗絲，現在該怎麼辦？妳看她凶成那樣。」

「等一下，多聽對方說幾句話吧。之後再開始思考也不遲。」

不，就算妳叫我多聽幾句話，我也聽不懂對方的語言啊。

「那是●●哪裡●的●●啊？●●的●●●也不曾●●●……」

……嗯？

「而且，你們身上也沒有看似●●的東西。快回答！你們到底是什麼人！」

…………

「吶，愛麗絲，來到這個行星之後，好像有某種神奇的力量在我身上覺醒了呢。不知道為什麼，我聽得懂那些傢伙在說什麼。原本就已經夠強的我事到如今還可以覺醒，是要變得多神啊。」

「我不知道你在說什麼，不過那是因為你在接受改造手術的時候頭部植入了晶片，我剛才是將我意譯過後的語言資料逐一傳送給你，讓你學會的。」

……

「咦，等一下。手術植入的晶片有這種功能嗎？我可沒聽說喔。超可怕的耶。」

「那種小事現在一點也不重要。先別說那些了，這裡就交給我解決吧。」

——愛麗絲完全沒有理會我的發言。

「騎士大人，不如由我來說明吧。還請您先息怒。」

然後就不管我還愣在一旁，便裝出清純少女的模樣，以這個星球的語言流利地向對方說明了起來。

——我在故鄉是個還算有地位的人，時而負責率領部隊，時而為了保護人們而戰，每天過著嚴苛的生活。

然而，有一天在戰鬥當中遭逢不幸的意外，我的精神和腦袋都壞掉了，現在由形同監護人的愛麗絲陪著我，為了治療精神和腦袋，踏上找尋自我的旅程。

在旅途當中，穿過要塞都市周邊的廣大森林地帶時，我們遭到野獸襲擊，行李之類的全都搞丟了。

所以，我既不知道該怎麼說話也不懂禮儀，更不知道這個地區的常識。

有時候可能會脫口說出奇怪的話，但畢竟我的腦袋有病，希望大家能夠放寬心胸溫柔地看待我。

那個女人靜靜聽完愛麗絲這個亂七八糟的故事之後……

「我還以為是盜賊之類可以抓回去領功勞呢，原來是旅人啊……剛才對你們那麼凶真是不好意思，不過這也是我的工作。我們接獲市民的報告，說是有東西從天上掉到這附近來，所以我們才過來探查狀況……」

沒有理會那個以憐憫的眼神看著我的女人，我默默把愛麗絲拉了過來。

「……妳在鬼扯什麼啊？為什麼要把我當成腦袋不靈光的傢伙？幹嘛沒頭沒腦的在我身上加了那麼誇張的設定啊？妳是怎樣？我跟妳有什麼冤仇嗎？還是妳真的想被我砸爛？」

「我問過莉莉絲大人許多有關於你的事情才如此判斷。聽好了六號，你這麼笨，絕對遲早會露出馬腳。但是照這個設定走下去的話，即使是不知道比較奇怪的一般常識也可以毫不顧忌地問人。即使你做出什麼奇怪的舉動也不會被懷疑，只會被當成可憐的人，受到同情就了事。」

愛麗絲先是面無表情地一口氣說到這裡。

「至於我……如果說和黑髮黑眼的你是兄妹太牽強了，所以就當成是身為美少女的我在差點被路過的蘿莉控襲擊的時候受你救了吧。而你在和那個蘿莉控展開死鬥時，原本就已經有缺陷的腦袋更產生了嚴重的故障。然後，你為了救我害得腦袋變成如此可憐的狀態讓我產生罪惡感，所以我這個堅強的美少女決定和你一起旅行……就這麼設定如何？」

「什麼如何，那個蘿莉控是有多厲害啊！妳這個傢伙從剛才開始說沒兩句話就損我一下是怎樣，夠了喔！而且為什麼我是腦袋有問題的傢伙，妳卻是堅強的美少女啊！」

話雖如此，我再怎麼不爽也想不到比這個更好的設定。

而且，這個傢伙的說詞確實也有點道理。

不是說我的腦袋怎樣的部分有道理，而是記憶不太清楚這個設定，在許多方面都會比較方便。

這時，那個鎧甲女似乎對於交頭接耳的我們感到有點狐疑，不過……

「……好吧，我知道你們的狀況了。穿越魔之大森林而來這件事，依照常理而言不太能夠相信，不過看了這個也無法不信呢。謹代表我國歡迎你們……不過，前提是你們在聽說我國的現狀之後，依然想待下來就是了。」

她還是這麼表示，並且用下巴指了指四腳獸的屍體，並且露出讓人有點不安的笑容。

4

在前往都市的路上。

我們聽著剛才的鎧甲女說明現狀。

「事情發生在某一天。與我們葛瑞斯王國相鄰的魔族之國，突然公開對我們宣戰。」

其他人則是為了調查從天而降的東西而趕往降落地點。

而那個東西當然就是我們。

由於降落傘會成為累贅，所以我們丟在降落地點了，希望他們找到之後不會覺得和我們有關。

「事情也太突然了吧，他們宣戰的目的是什麼？資源？還是糧食？」

對於我的發言，鎧甲女搖頭以對。

「他們想要的是土地。你們說自己是從別的國家過來的對吧，這一帶能夠供人類生存的土地相當有限。他們的國家深受名為『砂之王』的巨大魔獸所害，沙漠化的狀況一年比一年還要嚴重。話雖如此，又不可能開拓魔之大森林。所以，他們才盯上我國吧。」

又是砂之王又是魔獸又是魔之大森林的，總覺得這些關鍵字聽起來都好危險，侵略這個星球的風險會不會比報酬率高啊。

至少這些傢伙好像都已經不太能夠應付那些對手了……

「他們的目的大概是搶奪這個國家的土地，強占我們為奴，並且逼我們去開拓魔之大森林吧。不過，我國有個古老的傳說。」

「傳說……」

怎麼搞的，我的心情不禁雀躍了起來。

「沒錯，傳說。人類遭受魔王威脅之時，命定之人手上將浮現紋章，獲得力量。那個人必將克服無窮的困難，最後打倒魔王……」

我脫下戰鬥服的護手，秀出手背。

「原來我是命定的勇者啊……」

「那怎麼看都是蚊蟲咬傷吧。」

愛麗絲輕聲吐嘈了一下，但我依然以充滿期待的眼神看著騎在馬上的鎧甲女……

「……不、不是，你用那種眼神看我也沒用，畢竟紋章都已經出現在這個國家的王子手上了……」

什麼嘛……

看我沮喪地走得有氣無力的樣子，鎧甲女為了改變話題就對我說：

「對、對了，我們還沒自我介紹呢！我叫雪諾。在這個國家的近衛騎士團擔任隊長。你們叫什麼名字？」

「戰鬥員六號。」

「我是美少女型高性能仿生機器人，如月愛麗絲。」

……

「妳自己提什麼美少女型什麼高性能的，這樣可以喔？」

「你還不是說什麼戰鬥員六號，本名呢，你的本名怎麼了？」

聽了我們的自我介紹之後，雪諾一臉不解地歪著頭說：

「戰鬥員六號……？還有，如月愛麗絲……？……應該說，仿生機器人到底是……」

對於這個世界的居民而言，我的名字叫起來好像不太順口，雪諾重複著我們的名字。

「叫我六號就可以了。」

「叫我愛麗絲吧，這樣就可以了。」

「這樣啊，我知道了。話說回來，你們對這個國家的現狀有所了解了嗎？如果這樣你們還是想待在這個國家的話，我們當然歡迎……還有，要是你們身上沒有盤纏，我也可以幫你們介紹工作。相逢自是有緣，至少先聽聽看我的提議如何？」

這麼說的雪諾，大概覺得自己臉上的表情算是微笑吧，但我總覺得可以看得出她心裡有鬼，笑得相當可疑。

這時，愛麗絲突然用日文對我說：

『喂，六號，這是個好機會。就拜託她介紹工作吧。這樣的職場環境以評估這個星球人們的戰鬥力而言是再好不過了。要是可以住進城裡就更方便從內部進行破壞行動。』

『真不愧是仿生機器人啊，完全不知道手下留情。不過也對，在調查結束之前還是要有穩定的生活基礎比較好。能夠順著這樣的發展入境的話大概也不需要身分證。』

聽著我們的對話，雪諾一臉狐疑地歪了頭。

「對不起。這個人很笨，所以我用我們故鄉的語言簡單明瞭地幫他說明了一下。不過戰鬥方面的事情就儘管交給我們吧。」

「喂，妳可以不要逮到機會就損我嗎？……算了，事情就像愛麗絲所說，無論是受僱的戰鬥員還是什麼，只要有工作我都願意接受。今後請多多關照。」

聽我們這麼說，雪諾表示：

「好，我也要請你們多多指教。我對你相當期待喔！呵呵……呵嘿嘿嘿……」

說完，她笑了一下，笑容看起來還是很可疑。

「——我是緹莉絲公主的專屬騎士，近衛騎士團隊長，雪諾！我找到兩個旅人，所以護送他們回來了。快開門！」

雪諾放聲大喊，士兵們便開了門，向她敬禮。

「您出任務辛苦了！不過，沒想到是旅人啊，到底是從哪裡又是怎麼來的……總之您應該也累了，快進城裡休息吧！」

走進要塞都市的大門，我看見了不同於預期的光景。

愛麗絲原本還坐在騎著馬的雪諾身後，小心翼翼地抱著散彈槍拿布擦拭，一副心情很好的樣子，但也為了觀察那個東西而停下了動作。

鎮上到處都是充滿風情的磚砌建築物。

因為沒有電線桿，看來應該還沒有電可以用吧。

至於路上來往的行人，髮色和膚色都相當多樣化，有各式各樣的人種並存。

沒錯，只看到這裡的話，確實可以讓人認知到這裡是個水準只到穿鎧甲，並使用馬匹作為移動手段的文明圈。

但是……

「吶，雪諾。那到底是什麼啊？我的眼睛怎麼看都只覺得是坦克車。」

沒錯，剛走進大門，我就看見一輛看似坦克車的殘骸，上面滿是紅褐色鐵鏽，化為廢鐵被擱置在一旁。

「怎麼，你知道這個古代文物是什麼嗎？這是遠古時代，在巨大魔獸的威脅之下保護了這個國家的古代武器。在還沒有這道城牆的時代，這台武器直到最後都在這個地方抵擋巨大魔獸。我們為了設法留存這項技術而試著施展了保存魔法，但如你們所見，有相當多部分都已經腐朽了。」

如果這是古代武器，就表示過去曾經存在著和地球同樣水準的文明。

剛才還在說什麼魔王什麼傳說之類的奇幻風格字眼，結果又突然冒出類似科幻作品的東西，看來必須調查這個才行……不對喔，等一下！

「魔法？吶，妳剛才說了保存魔法對吧？」

「你、你是怎麼了，突然那麼亢奮。先告訴你，我可不會用喔……你、你也不需要失望得那麼明顯吧，擁有魔法才能的人相當有限，我也沒辦法啊！」

這個行星上有魔法啊……

也對，又是魔王又是怎樣的，有魔法也不足為奇。

確實是不足為奇……

我對著天空張開手掌，氣勢十足地大喊：

「Explosion！」

…………

「……妳之前說他有時候會冒出奇怪的發言，就是指這種症狀嗎？」

「就是這樣。他偶爾會做出這種奇怪的舉動，可以的話請盡量不要理他。」

看著一臉認真地僵在原地不動的我，雪諾和愛麗絲如此交頭接耳。

5

「——雪諾，歡迎妳回來。有勞妳出這次任務了……然後，這兩位是？」

雪諾帶著我們進了城，來到最上層的大房間，引薦到一名少女跟前。

那位金髮碧眼的少女，給我一種乖巧的印象。

「啟稟殿下，這兩個人是我在執行任務的時候遇見的。據他們本人表示，自己是穿越魔之大森林而來的外國人。說詞的真偽不明，不過在我遇見他們的地方躺著大量致命顎獸的屍體，因此判斷他們至少戰鬥力應該相當高強。」

聽了雪諾的報告，少女輕輕驚呼了一聲，露出訝異的表情。

「你們兩個快行禮。這位就是你們的雇主，同時也是這個國家的公主，克莉絲特色列絲・緹莉絲・葛瑞斯殿下。」

「名字好長。」

「無、無禮之徒！」

對於我直率的意見，雪諾出言吐嘈，眼前的少女則是咯咯嬌笑。

「這位先生還真是老實呢。原來如此，看來兩位確實不是這個國家的居民。如果是認識我的人，就不會做出這種反應了。」

少女開心地笑了笑，然後說出這種意有所指的話來。

「我們應該稱呼您為葛瑞斯殿下比較好嗎？或者是克莉絲特色列絲殿下才對？」

「叫我緹莉絲就可以了。還有，也不需要使用不順口的敬語，更不必稱呼我為殿下，輕鬆隨興即可。」

「緹、緹莉絲殿下，這樣不太好吧……」

雪諾似乎有話想說，但緹莉絲並沒有理會。

我們組織的最高幹部動不動就糾正我的說話方式，不過這位公主殿下似乎是個心胸寬闊的人。

這時，雪諾對緹莉絲耳語，而緹莉絲聽完點了點頭。

「……戰鬥員六號先生，還有愛莉絲小姐是吧？聽說，六號先生在故鄉有率領部隊的經驗？」

「我是有過率領部隊的經驗沒錯。我曾經帶領眾多戰鬥員，對抗整個世界，展開無數次激戰。」

雪諾聽我這麼說，立刻露出看待可疑分子的目光，緹莉絲卻是咯咯嬌笑。

原、原則上我說的都是真的喔。

「這個國家因為正在和魔族交戰，目前相當缺乏指揮官。如果六號先生那麼強，能不能請您助這個國家一臂之力呢？」

說著，她雙手互握，做出祈禱般的手勢，並且以楚楚可憐的眼神看著我。

「既然公主殿下都這麼求我了，還能怎麼辦呢！我、我可不是因為妳是美少女才答應幫忙的喔！」

「喂，六號，別演那種噁心的猴戲，這樣只會把事情越弄越複雜。」

聽了我的回應，緹莉絲露出安心的笑容——

「——真是的，就算是外國人也該知道對什麼人該怎樣說話吧！因為緹莉絲殿下心地善良，就算你稍有無禮之舉殿下也願意原諒，不過要是對其他貴族也那樣說話的話，就算人家要你人頭落地也沒辦法抗議喔！要是連帶我的評價因此變差，你是要怎麼賠償我！」

和雇主見過面之後，雪諾又帶著我們前往下一個地方。

儘管得到緹莉絲的許可，但形式上還是希望我們接受面試。

即使行星不同，公家單位辦事情不懂得變通這一點好像還是一樣呢。

「您就別對他生氣了，雪諾大人。六號確實是個不懂禮儀的笨蛋，不過在戰鬥方面是專家，所以今後一定會有非常活躍的表現。到時候，發掘我們的雪諾大人也有一份功勞吧？」

「呃……」

走在我們前面的雪諾原本還在抱怨，聽見愛麗絲如此挑明，頓時說不出話來。

「啊，什麼嘛，原來是這麼回事啊！說的也是，現在是戰爭期間嘛，戰鬥力高強的人能多一個是一個，所以妳知道我們能夠獵殺那種叫什麼的野獸就覺得可以派上用場對吧！還說什麼要幫我們介紹工作，一副想賣恩情給我們的樣子，其實根本就是妳自己渴望我的力量和性感的肉體對吧！」

「並沒有到渴望的程度好嗎！而且我也不想要你的肉體！乾脆老實說出來好了，我最喜歡的就是功勞、金錢和名劍！」

雪諾爽快地做出如此俗氣的發言。

「吶，六號，我總覺得可以在你身上嗅到同類的味道。這個國家原本不會僱用外國人的喔。我的地位也還算高，要是有人看你們是新來的就打算迫害你們，我可以憑近衛騎士團長的權限幫你們解決掉他們。怎麼樣，我們的利害關係很一致對吧？今後我也會多少讓你們便宜行事的，拜託你們了！」

正當被說成同類的我對那個黑心女感到退避三舍的時候，愛麗絲突然大聲說：

「……嗯？雪諾大人，那是什麼？」

她帶我們認識城裡的環境，正好經過中庭，而這裡也有一個和剛才的坦克車一樣，不應該出現在這種地方的東西。

放在城堡的中庭裡的，是一個三公尺見方的箱型機器。

仔細端詳著那個東西的愛麗絲表示：

「應該說，這個東西的狀態相當不錯，和剛才的坦克車不一樣。動力來源應該是太陽能吧。這到底是用來做什麼的東西啊？」

我們不禁停下腳步，而雪諾嘆了口氣之後說：

「這也是我國的古代文物之一。據說是能帶來雨水的傳說級遺物。這個國家有個習俗，每年到了需要雨水的季節，這個國家的王族就會獻上祈禱的話語，祈求雨水。如你們所見，現在已經無法運作，並且施加了嚴密的保管魔法，不過終究還是會逐漸腐朽吧……」

說著，雪諾似乎是在這個不再運作的機械上看到這個國家的未來了，表情隱約顯得有些落寞……

「這種程度的東西我應該修得好。我可以打開來看看裡面嗎？」

「真、真的嗎？如果不行的話我願意負起所有責任！妳要是修得好的話就修吧！」

聽雪諾一臉開心地這麼說，愛麗絲不知道從哪裡摸出工具，立刻著手修理。

「妳身上為什麼有那種東西啊？」

「自己的身體我自己會維修。就像你至少也會管理自己的健康吧？」

對於我的耳語，愛麗絲輕描淡寫地這麼回答。自己可以修理自己啊，這個傢伙相當方便嘛。

這時，在一旁看她修理的雪諾坐立不安地問：

「怎樣，修得好嗎？」

「可以，感覺應該修得好。只是線路老化而已。換掉這個之後再重新開機就可以了。」

聽她這麼說，雪諾笑得更燦爛了。

「幹得好！好，我去叫人來！嘿嘿……嘿嘿嘿嘿……吶，愛麗絲、六號，這個功勞我們就三個人一起分如何？拜託你們嘍！」

說著，她一面發出奇怪的笑聲，一面不知道往哪裡衝了出去。

「……什麼平分功勞啊，那個傢伙什麼也沒做吧。」

「要這麼說的話你自己還不是一樣……好，這樣應該就可以了。」

愛麗絲按下看似開機鍵的東西，便傳出機械式的語音。

《接下來將開始重新開機。同時請重新設定密碼。》

密碼？

雪諾說什麼王族要獻上祈禱的話語就是指這個吧。

《重新開機完成。請設定密碼。》

這樣的語音再次響起。

「小雞雞慶典。」

《密碼設定完成。》

「看你幹了什麼好事！」

手上還拿著工具的愛麗絲不禁停止動作。

我對著明明是仿生機器人卻為之訝然的愛麗絲豎起食指搖了搖。

「這妳就不懂了，愛麗絲。妳聽好，雪諾剛才說了什麼？沒錯，每年到了需要雨水的季節，王族就會獻上祈禱。王族也就是緹莉絲。現在那個美少女必須在大庭廣眾之下大聲說出這串密碼喔。這下子每次要祈雨時就能看到緹莉絲害羞的表情，還可以大賺惡行點數了。」

「你才該好好聽我說。既然說是王族，就表示並不是非緹莉絲不可。緹莉絲還只是個公主。換句話說必定有個正式的國王在。今後的每一年，那個一把年紀的大叔，都得在國民面前大喊這種小學生才會想出來的愚蠢密碼喔。」

……

「怎麼辦，我覺得自己好像闖了什麼大禍。」

「禍已經闖下去了也無法挽回。喂，六號，請組織送塑膠炸彈過來吧。咱們炸掉這台機械來湮滅證據。然後我們這樣告訴雪諾。我試著要修理最後還是沒辦法。原本以為修好了，結果機械不知怎地自己爆炸了。」

這個傢伙還真對得起自稱的高性能這三個字啊。

「完美極了，就這麼辦吧！」

就在我這麼大叫的同時，背後有人對我說：

「到底是什麼事情那麼完美呢？」

聽見那個似曾相識的聲音，我轉過頭去。

我看見的，是滿臉笑容卻緊緊握著手中扇子的緹莉絲，以及冷汗直流並且不住顫抖的雪諾。

植入腦袋裡面的晶片傳出只有我聽得見的熟悉語音。

《惡行點數增加。》

6

「你也差不多該放棄抵抗了吧！現在可是在陛下的面前，安分一點！」

「什麼嘛——妳不是說要是不行的話願意負起所有責任嗎——！這樣對待我們太過分了吧，那還不如一開始就不要讓我們修——！」

這裡應該就是所謂的謁見廳吧。

雪諾和其他士兵將我們綁了起來，拖到這個國家的國王陛下面前來。

「閉、閉嘴！我是叫你們修理！誰叫你們那樣亂搞了！」

雪諾臉上浮現出焦躁之色，輕輕推了我一下想叫我閉嘴。

上半身被緊緊綁住的我們被迫跪在地毯上，而眼前那位看起來很穩重的先生興致勃勃地望著這樣的我們，並且開了口：

「……他們是什麼人？」

「啟稟陛下，他們似乎是雪諾大人因為看上其武藝而帶回來當指揮官的人，而且還說能夠修復放置在中庭的古代文物，據說還實際修理好了。」

身旁一位看似祕書官的女人如此說明，讓那個男人放聲驚呼。

這個人大概就是這個國家的國王吧。

因為……

「喂，愛麗絲，我還是第一次看到造型這麼像國王陛下的國王陛下耶。妳看那把國王鬍子，連聖誕老公公看到都會光著腳落跑吧。如果我說想摸的話會不會被罵啊？」

「夠了喔六號，對方可是這個國家最有權力的人。說感想的時候要更小聲一點。」

沒有理會這樣的我們，眼前的祕書官繼續說明：

「但是，在修理的時候，就是……他們好像將祈禱的話語，改成了猥褻的詞彙……」

「猥褻的詞彙？是什麼詞彙？」

那個祕書官是身材姣好的冰山美人。

這個行星是怎樣，我遇見的每個女生水準都有夠高耶。

這麼說來，和雪諾在一起的那些近衛騎士團的女生也是……

「據、據說是…………慶典……的樣子……」

「這、這樣啊。抱歉，讓妳說出了那種詞彙。」

啊，事到如今我才察覺到一件很不得了的事情！

那些騎士團的女生，騎的全都是長得像獨角獸的馬。

「我無法理解你們為什麼會做出那樣的傻事。兩位，這位祕書官剛才所說的是否全部屬實？」

我記得，傳說當中，獨角獸好像只肯親近處女。

換句話說就是……！

「喂，你這個傢伙！快回答陛下的問題！」

這時，雪諾突然把臉湊到我的眼前。

「唔喔，太近了吧！妳、妳是怎樣，人家在思考重要的事情，妳幹嘛想趁機吻我啊！」

「你這個傢伙，在這個神聖的謁見廳說那是什麼話啊！」

國王乾咳了一下，然後重複了一次問題。

「你將使用古代文物的時候必須獻上的祈禱話語改成猥褻的詞彙，這件事是真的嗎？」

我回想起現在的狀況。

「是真的，不過這個女人說她會負責。」

「你、你這個傢伙！不是的，陛下，我只有吩咐他們修理……！」

雪諾把責任推卸到我身上，但國王只是一臉傷腦筋地說：

「你們修好古代文物這件事我很感激。看在這個功勞的份上，我就不追究你們的罪責，再給你們獎賞。你們就帶著獎賞，另覓他處……」

「父王陛下，請等一下。」

這時，國王的發言突然被打斷了。

出現在謁見廳的，是表面上掛著平靜笑容的緹莉絲。

「他們兩位是我個人想僱用的人才。他們具備足以殲滅一群致命顎獸的戰力，以及能夠修理古代文物的知識。因為這種程度的小事就放逐他們，未免太可惜了。」

「嗯，這、這樣啊。既然緹莉絲都那麼說了，應該就是這麼回事吧。」

看見國王聽了她的發言之後緩緩點了頭，愛麗絲便以日語對我耳語：

『六號，看來這個國家實質上是那位公主在執政。我在國王大叔身上聞到沒出息的老爸的味道。』

『原來如此，要拍馬屁就該找緹莉絲是吧。對上司阿諛奉承是我的專業領域，包在我身上吧。』

『你這個傢伙……』

這時，聽了緹莉絲的發言，雪諾指著我說：

「緹莉絲殿下，我們應該放逐這種男人才對！居然對重要的古代文物做出那種事情來，這個傢伙說不定是其他國家派來陷害我國的間諜！還請殿下三思！」

「哦？妳自己帶我回來還說我是間諜，真是逗趣啊。既然如此，妳就是引介間諜進入國內的賣國賊嘍！」

只見雪諾的眉毛越豎越高……！

「你這個傢伙，什麼話不好說，偏偏說本小姐是賣國賊！眾人皆知對緹莉絲殿下的忠誠無人能出其右的本小姐，居然被你說成賣國賊！」

「妳看看妳自己氣成什麼樣子！妳不知道嗎？人在被戳破真相時最容易動怒了！」

我如此挑釁，讓雪諾氣紅了眼，拔出劍來。

「你這個傢伙……！我這就拿你來餵我的愛劍，灼熱劍火炎強擊！」

「說不贏人家就想拿劍砍被綁住的人，像妳這種人真的是騎士嗎！我已經被緹莉絲僱用了喔！妳這樣隨便砍我真的可以嗎？更重要的是，妳現在應該還有其他必須面對的事吧！」

聽我這麼說，漲紅著臉，一副隨時都想砍過來的樣子的雪諾停止了動作。

「……必須面對的事情……？」

見雪諾一臉詫異，我身旁的愛麗絲開了口：

「妳確實對六號和我這麼說過吧？說妳願意負起所有責任。現在不予追究的是我們的罪責，妳的責任問題還沒有討論完喔。」

聽愛麗絲這麼說。

開始不停顫抖的雪諾對緹莉絲投以求救的眼神。

而暗中支配這個國家的少女，露出了看似溫柔的笑容——

——我一邊伸懶腰，一邊走出面試室之後，愛麗絲用日語對我說：

『喂，你面試得怎麼樣？不過，雖然說是面試，也只是在已經錄用的前提之下進行各種身家調查而已吧。』

『是啊，我被問了如月公司的事情、我的必殺技，連有關英雄的事情都問了。』

在國王接見我們之後，我應要求寫了履歷，並且接受了純屬形式的面試，然後向在外面等我的愛麗絲報告面試的狀況。

『話說回來，我成了這個國家的騎士是吧……也還不差啦。既然當不成勇者，有點地位的騎士我也可以接受。』

『喂，有沒有搞清楚狀況啊？你終究是如月公司的戰鬥員喔，可別忘了任務啊。』

就在這個時候。

「你們偶爾會講的那個語言，是你們故鄉的語言嗎？」

突然有人從背後對著正在用日語對話的我和愛麗絲搭話。

「怎麼，又是妳啊。」

路上動不動就和我意見不合的女騎士雪諾，現在已經卸下鎧甲，站在我們身後。

她身上穿的大概是騎士原本的制服吧，服裝的配色用了一堆藍色，相當醒目。

原本穿著鎧甲的時候看不出來，她其實挺有料的。

從裙子底下伸出來雙腿白皙而修長，光看外貌簡直是頂尖名模。

「『怎麼』是什麼意思，我也不想見到你這個傢伙好嗎！」

為什麼這個女人如此充滿敵意啊？

不過，好吧，原因應該有那麼一小部分是出在我身上就是了。

「所以，妳有何貴幹？我們接下來還要去宿舍呢。」

對於我那毫不掩飾厭惡之意的冷淡態度，雪諾的太陽穴青筋直跳。

「我奉命帶你們去宿舍。還有，今後也得負責照顧你們。」

「……啥？」

我不禁如此反問，而雪諾抬頭挺胸，對這樣的我敬禮。

「從今天開始，我被分派到你的部隊。今後，我就是你所率領的部隊的副隊長。」

……雪諾好像變成我隊上的部屬了。

應該說，為什麼事情會變成這樣啊？

「什麼狀況？我才剛來就突然變成隊長了喔？」

對於我的疑問，雪諾維持著敬禮的姿勢，視線卻顯得相當傻眼。

「你……你這個傢伙到底有沒有好好聽緹莉絲殿下說話啊？這個國家因為和魔族交戰，已經失去了許多資深指揮官和騎士了。現在有這麼多女兵還有年輕的指揮官和騎士的原因就是這樣。以現狀而言，能夠率領部隊的人才壓倒性的不足。你在原本的國家有過率領部隊的經驗對吧？所以，從今天開始，你將負責率領一支游擊部隊，雖然只是一個小隊就是了。」

這個國家的人相當上道嘛。

沒想到我才剛上工就升上隊長了。

「不過，我可沒把你當成上司。戰鬥當中由我負責實際指揮。你只要乖乖退到後面就好了，省得妨礙我。」

這個女人沒頭沒腦的說什麼啊？

「妳不要以為自己原本是騎士團的隊長就這麼跩喔。我可不是省油的燈，以前也是表現相當不錯的指揮官。等著看我打出比一直輸給那些什麼魔族的你們還要優秀的戰績來吧！」

「……關於你們為我們修復了古代文物這件事我願意道謝。不過，因為這次的事件，我已經完全不信任你了。如果你打算在這個國家圖謀不軌的話，我勸你還是趁早放棄吧！」

雪諾撂下這麼一句話之後，便轉過身去自顧自地越走越遠。

意思是說她不打算和我們廝混，要我們自己跟上去吧。

於是，我和愛麗絲對著這樣的雪諾的背影大喊：

「有人因為被追究責任而被降職就把氣出在我們身上耶，怎麼有人這麼不要臉啊，真是的～～！」

「真是的～～！」

「我、我才沒有被降職！沒錯，我是來負責監視你們這些可疑分子的。而且殿下不放心你這個和門外漢沒兩樣的傢伙自己帶隊，才派本小姐加入你的小隊！事情就是這樣，你可別搞錯了！」

聽雪諾猛然轉過頭來這麼說，語氣當中還顯得有些著急，我和愛麗絲看著彼此說：

「……覺得她是來負責監視我們的，想必只有她自己吧……？」

「那還用說嗎？那個什麼古代文物的明明是國寶卻被那樣惡搞，照理來說應該是必須切腹的大失態吧。她一定只是在自我催眠啦。」

「你、你們這兩個混帳————！」

7

「這裡就是你的房間。生活必需品裡面全部都有。接下來，愛麗絲該怎麼辦呢……」

後來我們小吵了一架之後，雪諾帶我們到城裡的宿舍來，分了一個房間給我，然後語帶保留地這麼說。

「『愛麗絲該怎麼辦』是什麼意思？這個傢伙怎麼了嗎？」

「……原則上，這間宿舍只有相關人員可以進出……」

不知如何是好的雪諾這麼說，讓愛麗絲突然暴怒。

「啥？妳這個傢伙在說什麼啊，為什麼只排擠優秀的我？我當然要加入六號率領的部隊啊！妳就是這樣才會被降級啦，蠢蛋！」

不，雖然表情和平常沒什麼兩樣，不過我想這個傢伙大概很生氣吧，畢竟都口出惡言成這樣了。

「什……愛、愛麗絲，妳明明還是個小孩，不應該這樣說話吧……？」

突然被外表像個小孩的愛麗絲那麼一罵，雪諾瞪大了眼睛，不住後退。

「從剛才開始就對妳的上司六號出言不遜的傢伙沒資格批評我怎麼說話啦，聽懂了就快點準備我的房間，妳這個不中用的守財奴！」

「妳……妳這個小孩，嘴巴也太壞了吧！可、可是，小隊的結構是五個人一組，而且五個人各有各自的職責。基本上是由三名騎士擔任前鋒，後衛由魔法師和治療術士擔任。以這個結構而言六號和我是前鋒，所以需要的成員剩下一名前鋒和魔法師、治療術士……愛麗絲，妳會什麼？」

面對雪諾質疑的眼神，愛麗絲把臉湊到她面前，咄咄逼人了起來。

「我會什麼？我這麼高性能，什麼都會好嗎——我的專業領域是所有動腦的工作，不過現在就活用你們這些野蠻人無法理解的超科技奈米機器當個醫護兵好了！所以就妳說的隊員編制而言，那個什麼治療術士就是要被丟掉的小孩呢！」

擅自認定要把治療術士丟掉的愛麗絲，明明是個仿生機器人卻氣呼呼地離開了房間。

「就、就這樣擅自決定好嗎……」

而目送著這樣的愛麗絲，雪諾露出符合年紀的困惑表情，以小到像蚊子叫的聲音喃喃自語。

——雪諾找人安排愛麗絲的房間之後，帶著我們到宿舍的庭院去。

那裡有一群人正在進行戰鬥訓練，似乎是並未加入任何一個部隊的人們。

「訓練暫停！接下來我們將編制一個小隊，因此要募集兩名隊員！想要毛遂自薦的人過來集合！」

聽雪諾這麼說，原本各自揮著劍的人都停下動作，聚集了過來。

「初來乍到的你們應該不知道這些士兵的習性吧。小隊的隊員由我決定。這些是履歷，你們姑且看過就好。」

大概是早已決定好要叫誰加入了吧，雪諾把一疊紙張塞給我們之後，等著士兵們全部過來集合。

「喂，六號，你看一下這個。」

迅速翻著紙張的愛麗絲忽然停下手邊的動作，把履歷拿給我看。

「『武神，亞歷山德萊．格萊普尼爾』。不錯啊，名字看起來也很強。」

「不是，我要你看的不是那個。你也看一下那個傢伙的年齡好嗎，都已經是年過八十的老爺爺了。我說的不是他，是這兩個人。」

叫這種名字又是個老爺爺，光是這樣就已經充滿強角感了，不過愛麗絲要給我看的是下一頁的兩個人。

「『戰鬥用人造合成獸，蘿絲』、『澤納利斯的大司教，格琳』……？這兩個怎麼想都是怪胎的人怎麼了嗎？……啊！『殺害同伴的冒失魔法師，米蕾』！我喜歡這個女孩！我喜歡冒失屬性的女生！」

「冒失魔法師怎麼想都是地雷好嗎。先別管那個傢伙了，你看這兩個人的討伐數。和其他人相比簡直高到爆表。」

被愛麗絲這麼一說，我看了一下，確實只有這兩個人的數字特別高。

可是……

「要論討伐數的話，亞歷山德萊先生是她們的好幾十倍，還是選他比較好吧……」

「忘掉那個老爺爺吧，要是他在作戰行動中因為劇烈運動突然翹辮子的話要怎麼辦啊。

而且，她們兩個的頭銜看起來很有意思。澤那利斯的大司教是什麼我不太清楚，不過戰鬥用人造合成獸根本是最適合我們的人才吧？」

……聽她這麼一說，這個頭銜確實是很有怪人的感覺。

「好，所有人都到齊了吧。那麼，我來宣布編入小隊的人選！首先第一位是……」

這時，愛麗絲打斷了說到一半的雪諾。

「等一下，雪諾，要入隊的是這兩個。」

說著，她將兩張履歷遞了過去。

「呃……不，這兩個人……！至少把其中一個換成亞歷山德萊大人吧……」

「連妳也是，你們為什麼就那麼喜歡老頭子啊，廢話少說快介紹這兩個傢伙。」

被愛麗絲這麼一罵，雪諾大概是面對小孩也不敢太凶吧，儘管在嘴裡碎碎唸，還是把兩名隊員叫了過來。

來到我們面前的是一名少女。

「……總之，她是怎樣的隊員都已經寫在文件上了，妳們自己看吧。蘿絲，快點自我介紹。」

在雪諾的催促之下，少女開了口：

「我是蘿絲。沒錯，我是戰鬥用人造合成獸，蘿絲……你們真的知道應該要怎麼運用我嗎……？」

比愛麗絲還要面無表情的她用手遮著一邊的眼睛，帶著憂慮的神情凝視著我。

年紀看來比愛麗絲還要大一點，大概十四或十五歲吧。

這時，我看見蘿絲穿的裙子底下，探出一條蜥蜴尾巴。

仔細一看，一根看似鬼角的小角從一頭偏短的銀髮當中長了出來，眼睛顏色還左右不同。

原來如此，人造合成獸是吧……

我完全照抄蘿絲的姿勢說：

「我的名字是戰鬥員六號。沒錯，我是接受了改造手術，將原來的名字連同過去一起拋棄的戰鬥機械。請多指教，戰鬥用人造合成獸……！」

「我是如月愛麗絲小姐。像你們這種會說出丟臉台詞的中二仔在我們的組織裡面有很多，妳放心吧。我們會好好運用妳的。」

聽了我們的自我介紹，蘿絲停下動作，雙手掩面，開始發抖。

「喂，愛麗絲，難得我都跟著耍帥了，妳也乖乖配合一下嘛……妳看，都怪妳說她中二，她都害羞到滿臉通紅還發抖了。」

「我可沒空陪你們玩那種愚蠢的遊戲……喂，會覺得丟臉就不要做那種事情了，過來這邊吧。」

「是、是的……我是人造合成獸蘿絲。還請兩位多多指教……」

臉紅到耳根子去的蘿絲垂頭喪氣地走了過來。

「就像這樣，她有些地方是很奇怪，不過聽說那是開發者的教育方針，你們就別捉弄她了。」

「是製造出我的爺爺說，這種時候就應該這樣做……！嗚、嗚……其實我並不想做這種蠢事，可是爺爺的遺言就是這樣……！」

蘿絲聽雪諾這樣幫她說話便哭了出來，而我沒有理會這樣的她，繼續瀏覽著雪諾交給我的履歷。

履歷上面寫著蘿絲之前的戰果，以及各種特殊能力……

「……咦，這是怎樣，妳可以吸收吃下去的東西的能力嗎？」

「咦？是、是的，大概因為是合成獸吧，我很容易受到食物的影響……只吃一兩口的話還不行，如果一直吃同一種魔獸的肉，我就可以吸收其特性。最近我一直都在吃力量強大的一角獸鬼，還有會吐火的爆炎蜥蜴的肉。也因為這樣，我長出了小小的犄角和尾巴……」

聽她這麼說，我和愛麗絲互看了一眼。

『……喂，愛麗絲，是個見習怪人耶。』

『是啊，這個傢伙絕對不能錯過。』

「怎、怎樣啦？雖然我聽不懂你們在說什麼，但我有種不祥的預感！……咦，奇怪？你們身上是不是有什麼不太一樣的食物？我聞到一股很香的味道……」

突然聽到日語的蘿絲先是表現出害怕，接著一邊抽動鼻子一邊問我。

來到這個行星之後什麼都沒有吃的我，在來這裡的路上啃了一點攜帶口糧……

我拿出棒狀的攜帶口糧說：

「該不會是這個吧？這是大家都喜歡的均衡營養攜帶口糧，卡路里Z。妳想要的話我可以分妳吃，但相對的妳要乖乖聽從我的任何吩咐。」

「任、任何吩咐嗎！啊啊……可是那個令我難以抗拒的香味……！」

「喂，六號，現在這個用食物誘拐貪吃少女的構圖可以直接報警處理了喔。不過，我知道要怎麼應付這個傢伙了。」

我拿著攜帶口糧左右擺動，蘿絲渴望的視線也跟著搖來晃去。

正當我們用攜帶口糧誘拐蘿絲的時候，東張西望地環視四周的雪諾找到了某個人，並且向對方喊話：

「喂，格琳，別睡了，過來這裡！」

被雪諾叫到我們面前來的，是一個坐在輪椅上的女人。

名喚格琳的那位小姐，年紀大概十八到十九歲吧？

那個輪椅女給我的第一印象是病入膏肓。

惺忪的棕色眼睛，有如槁木死灰的蒼白臉色，配上漂亮的棕色直髮。

看著赤腳坐在輪椅上的她那副身體虛弱的模樣，我開始擔心她是不是真的沒問題了。

「我是從今天開始擔任妳的隊長的戰鬥員六號。」

「我是參謀兼醫護兵的愛麗絲小姐。」

我們如此自我介紹之後，格琳帶著閃亮的眼神說：

「幸會，我是格琳。我有很多問題要問隊長，就先從最重要的問題開始好了。隊長已經成婚了嗎？有沒有女朋友？順道一提我還是單身。明明是這樣的一個好女人，但奇妙的是不知為何沒有男朋友。」

「我單身啊。而且我明明也是如此優秀的青年，但奇妙的是不知為何沒有女朋友。」

「你們兩個沒頭沒腦的在說什麼啊，部隊內部嚴禁談情說愛！要問就問有關戰鬥的事情好嗎！」

雪諾激動地如此斥責我們，但格琳聽了我的答案之後已經蠢蠢欲動到了一個境界。

……好了，她叫我問有關戰鬥的事情，那我應該先問什麼呢？

像是澤納利斯是什麼，或是既然必須坐輪椅的話應該不需要勉強自己上戰場吧之類，真要想的話會沒完沒了，不過最令我好奇的問題是……

「格林是魔法師嗎？我對魔法不太清楚，魔法到底辦得到哪些事情？」

沒錯，就是魔法。

格林的履歷中專長欄裡面有個看起來很危險的項目叫作詛咒。

「正確說來，我並不是魔法師……我是借用偉大的澤納利斯大人的力量，扮演神蹟的代行者。」

神蹟的代行者是什麼啊？

「妳口中的澤納利斯大人是什麼啊？」

「是掌管不死與災禍的偉大神祇。我是侍奉澤納利斯大人的信徒。」

掌管不死與災禍……

「……邪、邪神？」

「沒、沒禮貌！竟然敢稱呼澤納利斯大人為邪神，當心遭到報應！」

照理來說我應該叫她展現一下能力的，不過詛咒讓我有點擔心。

算了，反正不久之後應該就可以在戰場上見識到吧。

……這時，格琳不知道在想什麼，把腳縮到輪椅上採取抱膝坐的姿勢。

接著她露出挑逗的笑容，拖動略長的裙子，一點一點將裙襬往上拉……

「呵呵呵……小弟弟，你對大姊姊的裙底風光很好奇吧？那你就對稱呼澤納利斯大人為邪神這件事誠心懺悔吧。這樣我就讓你接受洗禮，然後呀啊啊啊啊啊啊啊啊！」

《惡行點數增加。》

格琳還在拖拖拉拉的時候，我一口氣把她的裙子掀了起來。

她給我的印象明明是體弱多病又清純，但眼前的黑色綁繩內褲讓我對她完全改觀了。不得了啊，這個傢伙是個超級誇張的情色女。

「我又不是真的要給你看！吶，你要確實負起責任喔！你要負責養我，讓我當個全職家庭主婦！我不會讓你逃跑！沒錯，我絕對不會讓你逃跑的！」

不只是情色女，這個傢伙根本是個超不得了的地雷女。

「妳冷靜一點，綁繩褲褲怪人。挑逗六號的妳也有錯。」

「綁繩褲褲是什麼！別用那種名字叫我！是小雞俱樂部上面的報導說，穿這件內褲可以輕鬆交到男朋友！」

小雞俱樂部是什麼啊，婚活雜誌之類的嗎？

「如果我得把所有被我看過內褲的女人都娶回家的話，現在早就有個不輸給石油王的後宮了吧。之後我再給妳看我的內褲就當作是扯平好了，黑色褲褲。」

「不准把臭男人的骯髒內褲和少女的內褲混為一談！而且也不准那樣叫我！」

看了我們這樣的互動，雪諾重重嘆了口氣。

「唉……誰不好挑，偏偏挑了最麻煩的這兩個人……算了，只論戰鬥的話，這兩個傢伙確實是很優秀。」

聽她這麼說，我忽然察覺到一件事。

履歷上面寫到的，除了老人和冒失魔法師，以及現在和我們在一起的這兩個怪胎以外，還有別人。

其他人也全都是一些看起來頗有問題的人選。

換句話說，這群人……

「在這群麻煩人物當中，聚集在這個小隊的成員也是特別有問題的幾個，不過就交給你了。話雖如此，我並不打算和你們這些落魄的傢伙鬼混就是了。」

雪諾板著臉這麼說完，背對著我們揮了揮手——

……喂，她說誰是麻煩人物啊，別胡說八道。

我們也不過就是坐著輪椅身體又很虛弱的綁繩內褲女，還有長得像魔物的貪吃少女。

再加上來路不明的邪惡組織戰鬥員和仿生機器人啊……！

——怎麼想都是一群麻煩人物，真的非常感謝您的指點。

……不對喔，等一下。

「換句話說，妳也被當成是麻煩人物了，所以才會被踢到這裡來嘍？誰教妳的個性那麼難搞嘛。」

聽我這麼說，雪諾抖了一下。

「你你、你在說什麼啊……！才、才不是！真的不是，我是為了監視你們！」

「喂，六號，這個傢伙被降級還嫌不夠，甚至被緹莉絲當成麻煩，順理成章地趕走了吧，一定是這樣。呀～～落魄鬼、落魄鬼～～！」

「落、落魄鬼～～落魄鬼～～！」

「噓～～噓～～！」

在愛麗絲的煽動之下，連蘿絲和格琳也跟著鼓譟了起來。

儘管心有不甘地咬著嘴唇，雪諾仍然握起拳頭表現出強硬的態度。

「唔！隨、隨便你們愛怎麼說！總之你們要聽從本小姐的指示就是了！只要在我的指揮下立刻打出亮麗的戰果，我就可以早日從這種部隊脫身了！」

或許是出自前菁英分子的自尊心吧，她轉過頭來以意志堅定的眼神瞪著我們，不過……

「啊，你聽到了吧六號。說什麼要從這種部隊脫身，那個傢伙終於不打自招了。剛才她還堅稱自己是為了監視我們才被派到這支部隊來的呢。」

「真的耶，這個傢伙終於自己承認是被降職了。應該說，誰要聽從妳這種降職隊長的指示啊。我以前也有率領過部隊的經驗，愛怎麼打仗妳管不著。」

愛麗絲和我如此挑釁，惹得一點耐性也沒有的降職隊長眉毛倒豎。

「不准叫我降職隊長！論這個國家的戰爭你是門外漢，乖乖聽我說的話就對了！再說，你穿的那身奇怪的鎧甲也很有問題。該怎麼說呢……感覺那種黑色看起來很邪惡吧，比起騎士更像是魔族的最下級士兵在穿的東西，一點也沒有隊長的樣子……」

「妳、妳少瞎扯喔，整個事情和我的鎧甲沒有任何關係吧！我承認這套戰鬥服是有點奇特，但是妳也沒資格批評成那樣！」

這身舊式戰鬥服重到不行，但也是我長年以來愛用的好搭檔！

「夠了，少囉嗦！像你這種舉止怪異，臉上有傷，眼睛像死魚一樣的男人來當我們的隊長，光是如此就有損我們的名譽了！」

「啥！妳、妳這個傢伙……！」

這個臭婆娘，稍微對她好一點就爬到我頭上來了！

「乍看之下你也沒什麼學問，我沒說錯吧！還是說你是在哪間優秀的學院完成學業的嗎？我可是從這個國家水準最高的大學畢業的喔。」

「嗚呃……」

誰有空上什麼大學啊！

戰鬥員忙得很，我是高中中輟生啦！

「聽懂了就發誓要聽從我的指示！如此一來你就不會在戰場上丟臉了！」

這、這個傢伙，越來越囂張了……！

「你那是什麼眼神？握什麼拳頭？怎麼，你想動手啊？可以啊，別管我是不是女人了，儘管揍我不用客氣！就憑你辦得到嗎？來啊，你有那個膽識揍我就試試看啊！」

妳……！

「妳這個傢伙————————！」

聽我放聲大喊，雪諾抖了一下，整個人緊張了起來。

面對一臉認真，渾身僵硬的雪諾，我一把抓住她的雙峰。

抓住了將衣襟部分高高撐起，高調地彰顯自己存在的，雪諾的那雙巨乳。

一臉茫然的閒雜人等，還有僵在原地目瞪口呆的雪諾，他們的表情我大概永生難忘吧。

《惡行點數增加。》

8

「來人啊，誰來救救我啊！這個女人的腦袋有問題！」

「你到底在說哪個女人腦袋有問題啊！有問題的是你的腦袋！」

向來沒什麼女人緣的我，現在有生以來第一次嘗到被女人倒追的經驗。

「喂，妳冷靜一點，我道歉！我道歉就是了，有什麼事情先冷靜下來慢慢說！」

「事到如今已經沒什麼好說的了！現在回想起來，我早該在一開始碰面的時候就砍了你這個王八蛋！」

不過追著我的是個手上拿刀，一頭亂髮，眼睛布滿血絲的女人就是了。

「不過是奶子稍微被揉了一下就拔刀，妳的腦袋絕對有問題！」

「所以說有問題的是你這個傢伙！腦袋沒有問題的人一開始就不會毫無理由地亂揉別人的胸部！」

摔倒的時候不小心揉到胸部之類的，在漫畫裡面是常有的發展。

因為這樣被女人追得到處跑更是不能少的劇情，這我也認同。

可是……

「妳追我的時候好歹紅著臉，或者是至少改拿打了只會痛的道具吧！這樣被追起來一點也不開心！像妳這樣怒氣沖沖的一副殺紅了眼的樣子很恐怖好嗎！」

「那當然，因為我追你就是為了殺掉你！」

「快來人啊——！」

這是怎樣，和戀愛喜劇那種令人莞爾的劇情完全不一樣！

我一面認真求救，一面在城裡到處逃竄，這時……

「緹莉絲！這不是緹莉絲嗎！」

我看見緹莉絲在我眼前，正朝我這邊走過來。

「六號先生，你來得正好。其實……你、你們兩位怎麼了，這到底是怎麼一回事？」

「現在不是說那種事情的時候了，快救我快救我！」

「緹莉絲殿下，不好意思要讓您看見不堪入目的場面了！我要宰了那個男人！」

雪諾以布滿血絲，露出凶光的眼神，看著躲在緹莉絲背後發抖的我。

說什麼要宰了誰，這種話絕對不是年輕女生的遣詞用字吧。

「我、我不知道發生了什麼事，不過在城裡拿刀傷人可是要打進地牢裡的！雪諾，請妳冷靜下來！」

聽她這麼說，雪諾一臉不甘心地勉強收起劍，不過……

「……明天出任務的時候，小心你的背後。」

臨走之前，雪諾留下這種危險的發言。

……那個傢伙絕對不是什麼騎士，而是比較接近我們邪惡組織這邊的人吧。

「呼～～真沒想到不過揉一下奶子而已她就會那麼生氣。妳救了我一命呢，緹莉絲。」

「六、六號先生，你為什麼要做出那種蠢事？雪諾是個不懂得開玩笑的女孩。因為她不是憑家世成為騎士，而是以貧民窟孤兒之身經過努力再努力才爬到近衛騎士團隊長之位，是個認真又努力的人……」

什麼嘛，那個傢伙的自尊心那麼強，我還以為她是哪戶好人家的千金大小姐呢。

「這麼說來，妳剛才遇見我的時候說我來得正好對吧？是不是有什麼事情找我？」

「是的。其實是這樣的，關於愛麗絲小姐的房間——」

「——沒辦法，這也是無可奈何的事情。為了任務著想，住同一個房間在各種方面上也都比較方便。喂，別因為我是美少女就做出什麼奇怪的事情喔。我沒有生殖功能，所以不能和你怎樣。」

「妳白痴喔！誰會對機器人動那種念頭啊！可惡，為什麼會變成這樣！」

聽說我和愛麗絲是緊急受僱，所以只能準備一個房間。

緹莉絲說反正我們都一起旅行了，希望我們能夠暫時住同一個房間。

我和愛麗絲一直一起旅行這個設定，在這種時候造成了反效果。

「我很明理的，也知道要在你忍不住想發洩一下的時候暫時離開房間，儘管放心吧。還有，進房間之前我也會記得先敲門，然後隔一段時間再開門。」

「用不著妳這麼費心！妳把我當成猴子還是什麼野獸了是吧！」

我再次觀察我們分到的房間。

確實準備了兩張床這一點令人相當感激。

其他還附了簡單的桌椅，以及一個衣櫥。

還有……

「……愛麗絲，妳看，有自來水。還有，這個應該不是油燈吧？因為我找不到加油的地方。牆壁上也裝了看似不用插電的電視的東西。我本來以為把我們的行星的用具帶進未開化的土地來可以讓當地居民把我們當成神明一樣崇拜，看來這招是行不通了。」

「這裡的文明水平也不能小看呢。那盞燈和山寨電視大概是靠魔法之類的動力在運作的吧？而且他們似乎有製造人造合成獸的能力，再加上留在城裡的古代文物，有很多事情必須調查呢。」

我攤開從日本帶來的行李，心想如此一來在這裡的生活總算是安頓下來，便鬆了一口氣。

這時，愛麗絲對著脫掉沉重的戰鬥服，躺到床上的我說：

「喂六號。聽雪諾那麼說，我們明天好像馬上就要出戰鬥任務了呢。你可別忘記我們最原本的任務喔。基本上可以協助這個國家，但苗頭不對的話就要立刻撤退，不得硬撐。先把我們捧成騎士再打成麻煩人物這招不知道是誰設計的詭計，不過看來有個不太好惹的傢伙。要是太小看這裡的人小心吃到苦頭喔。」

也不知道到底是看中了哪一點，愛麗絲這麼說的同時還一邊拿著乾布用力擦拭，保養著那把散彈槍。

「這種事情我還知道啦。不過，我們去見國王的時候，他們沒收了我的小刀，卻沒有拿走我的手槍。換句話說，這裡的人不知道手槍是什麼東西。而且他們也把坦克車的殘骸當成古代文物，如果戰爭的水準還停留在拿刀劍和弓箭戰鬥的話多的是方法對付。現在工作和住的地方也都有了，接下來等到立下一個大功勞，就來要個基地來當獎賞吧……！」

第二章

蹂躪競爭對手

1

隔天早上。

「——太卑鄙了。攻擊敵人的補給物資？補給部隊基本上是由在戰鬥中派不上用場的下級魔族組成。襲擊那種部隊哪能算什麼功勞！」

正當騎士團們在王城前方排成整齊的隊伍的時候，我們被安排在最角落的地方。

接下來，我們似乎要去攻擊開始聚集在這個都市周邊的魔物大軍。

在列隊的騎士團前方，一名看似這個國家的將軍的人物正在演講。

然後，不同於那些騎士，我們這支被丟掉的小隊接獲的命令是自己看著辦，於是便自行思考著作戰計畫……

「隊長，可以的話我也想和強敵戰鬥。爺爺的遺言是這麼說的，他交代我要吃盡這個世界所有的魔獸肉，成為最強的合成獸。」

這個傢伙就那麼喜歡爺爺嗎？

聽見她說是為了遵守遺言，即使是邪惡戰鬥員如我，所剩無幾的良心也會動搖。

「嗯——我是很想尊重妳的心情啦……不過如果是這樣的話，請部隊把別人打倒的魔獸的肉分給我們不就好了嗎？」

「魔獸的肉如果不新鮮的話就不好吃了……」

……害我的良心剛才還動搖了一下，該死的貪吃合成獸。

「蘿絲說的沒錯！敵方部隊當中的強敵越多，率領部隊的指揮官就越高階。我們就對那支部隊發動突擊，砍下指揮官的首級。放心吧，強敵有本小姐對付。小嘍囉就靠格琳的詛咒一掃而空吧。蘿絲跟著我來！」

問題是這個眼裡只有功勞，四肢發達頭腦簡單的女人。

雪諾堅決反對我說要襲擊補給部隊的提議。

無論我怎麼說明這個作戰計畫多麼有效益她也不聽。

看來這個心胸狹隘的女人還在為我昨天揉她胸部而耿耿於懷。

這時，我們的爭論讓愛麗絲看不下去了，於是她開了口：

「妳們幾個聽我說。妳們好像以為攻擊補給部隊算不了什麼功勞，但這是天大的誤會。第一點，你們平常只會傻傻的老實從正面進攻。所以敵人也不覺得補給物資會遭受攻擊而掉以輕心，護衛肯定不多。然後，妳覺得在最前線戰鬥的敵人聽說補給部隊遭到殲滅會有什麼感覺？想必會造成不小的混亂吧。」

「嗯……」

雪諾皺著眉頭聽愛麗絲說明。

「接著第二，沒了補給對任何戰爭而言都是致命傷。即使贏了戰鬥，沒有物資便無法駐紮而不得不撤退。只要我們阻斷敵人的補給，即使騎士團在戰鬥中落敗，敵人也會回去。僅僅一支小隊就可以決定敵人的去路，這怎麼不能算是大功一件呢？」

「唔嗯…………」

和我說話的時候不一樣，雪諾乖乖聽著愛麗絲說明，真是令人不爽。

「再者，只要執行過一次這樣的作戰計畫，敵人今後也會保持警戒。保持警戒的意思就是他們會分兵力過來保護補給部隊。即使我們今後完全不再攻擊補給部隊也一樣。」

正如愛麗絲所說，即使分過來的兵力只有少數，也能夠減少最前線的敵人。

……話說回來，這個我剛才也說明得很清楚才對吧。

「……如何？襲擊補給部隊雖然是單純又理所當然的作戰，但以長期眼光看來有多大的效益，現在妳們應該明白了吧？我知道所謂的騎士道是怎麼回事，不過這是戰爭，必須分開來看。」

「…………愛麗絲想說什麼我都懂了。但是，高層不知道會不會認同這是大功一件……我因為被降級，薪水也變少了……再這樣下去，我的愛劍收藏之一，灼熱劍火炎強擊會因為付不出貸款而被收回去啊……」

說著，雪諾哭喪著臉，把自己的劍抱在懷裡。

愛劍收藏是怎樣，這個傢伙是刀劍愛好者嗎？

「關於這個部分就交給這個男人了。他最擅長的就是在報告的時候誇大戰功到極限。」

「……原來如此。他確實長得很像會耍那種小手段的樣子。」

「我可以各揍妳們兩個一拳嗎？」

正當我以為事情已經談妥了的時候，蘿絲壓著肚子，一臉難受地輕聲說：

「不好意思，所以今天的任務是襲擊補給部隊嗎？因為我拿到薪水就會狂買還沒吃過的魔獸肉，錢總是馬上就會花完……今天也是從早到現在都沒吃東西。如果沒有魔獸可以吃的話，我都快要哭出來了……」

這個傢伙平常都吃些什麼東西啊，真是令人好奇……

不過，這個倒好辦。

「襲擊所得到的補給物資隨妳處置。話雖如此，應該幾乎都是食物就是了。」

「就決定去襲擊補給部隊吧！」

2

「……就是那個吧。原來如此，確實是毫無防備。就連像樣的武器都沒有。喂格琳，該醒來了。」

我們躲在距離敵人的聚集地點稍遠的大馬路旁的樹叢裡面，鎖定了緩緩從我們眼前經過的補給部隊。

格琳在來到這裡的路上一直睡在輪椅上被嬌小的蘿絲推了過來，這時才被雪諾搖醒。

這麼說來，這個傢伙在剛才開作戰會議的時候也一直在輪椅上睡覺。

「嗚嗚……怎、怎麼回事？一醒來就發現自己在荒郊野外被太陽曬，你們跟我有仇嗎？嗚嗚嗚……太陽幹嘛不毀滅……」

被雪諾叫醒的格琳一副頭昏腦脹的樣子，做出這種奇怪的發言。

「格琳，接下來要開始戰鬥了，清醒一點。話雖如此，敵人全都是小嘍囉，但還是別太大意了。」

雪諾一面謹慎地觀察四周，一面確認愛劍的狀況。

「既然都是小嘍囉，就輪不到本大司教格琳小姐出馬了……」

「喂，妳這個傢伙，不准睡！」

「笨蛋，太大聲了！被敵人發現了啦！」

雪諾和格琳鬥嘴的聲音似乎被對方發現了。

——那應該是日本的奇幻漫畫當中俗稱半獸人的魔物吧。

一群長著豬臉，手上沒有什麼像樣的武器，用兩隻腳走路的怪物，拖著堆了物資的板車。

不過，半獸人是在地球的傳奇故事當中出現的幻想生物吧。

為什麼會活生生地出現在這個星球上呢？

……算了，現在不是想這些問題的時候。

「既然被發現了也沒有別的辦法。咱們上！戰爭開打了！」

我從用來藏身的樹叢當中跳了出去，大聲喊出戰鬥員守則上面寫的標準台詞。

「呀哈——！你們別想從這裡經過——！」

在大喊的同時，我拔出小刀舔了一下刀身，接著便攻向敵人！

——散彈槍的聲響在附近迴盪。

愛麗絲發出的子彈，一一撂倒了半獸人們。

「呀哈——！敢反抗的傢伙都別想活——！還想要命的話就丟下貨物滾蛋吧！」

「滾蛋吧！」

我一邊大喊著守則裡面的台詞，一邊踢了帶頭的半獸人拖的板車，讓載著物資的板車翻了過去。

翻覆的板車擋住了馬路，讓跟在後面的半獸人們停下腳步。

我和愛麗絲衝向運輸部隊，半獸人們便發出豬叫聲般的慘叫到處逃竄。

而緊跟在我們後面的蘿絲以困惑的口吻對我說：

「隊、隊長，可以不要喊那種台詞嗎？明明是軍事行動，我卻覺得自己好像成了某種非常邪惡的作戰的共犯……」

就算妳這麼說，這是戰鬥員守則當中對敵人的正式勸降詞耶。

「啊，隊長！敵人的補給物資該怎麼處理？數量很多耶！」

「除了妳要帶回去的份以外全都燒個精光吧！讓魔王軍那些混帳知道我們有多麼可怕！呼哈哈哈哈哈哈！呼哈哈哈哈哈哈哈哈哈！」

「耶～～隊長好帥～～～！」

就在指示蘿絲焚燒物資，然後放聲大笑的時候，我感覺到背後有一股十分凌厲的殺氣。

「得手了——！」

「嗚喔——！」

我趕緊翻滾閃避，接著便看見維持著拿劍戳刺的姿勢的雪諾。

「喂……喂，妳這個傢伙剛才想對我怎樣？」

「……嘖。」

「妳剛才嘖了一聲對吧！剛才那一招，妳是真的想殺我對吧！」

這個女人的腦袋果然有問題！

今後絕對不能背對這個傢伙！

不對，事情都已經變成這樣了，乾脆假裝是意外，在這裡把她……

「你、你那是什麼眼神，想打嗎？好啊，放馬過來！我要讓你知道少女的酥胸的價值有多高！成為我的刀下亡魂吧！」

……就像這樣，正當我們準備打一場的時候。

「沉沒於吾之業火之海當中吧……！永遠長眠吧，深紅吐息！」

蘿絲如此吶喊的同時，敵人的補給物資陷入劇烈的熱浪與亮光之中。

仔細一看，蘿絲居然吐出熾熱的火焰來了。

看見這一幕，我不禁脫口說出日語：

『……喂愛麗絲，那是合成獸的特殊能力嗎？聽說那個女孩是人打造出來的耶……像那種的在這個星球上該不會到處都是吧？』

『把那個傢伙帶回地球的話，不知道能不能當成無汙染又環保的能源。之後好好調查一下她為什麼能夠辦到這種事情好了。真是太有意思了。』

和物資一起陷於火焰當中的半獸人一邊慘叫一邊打滾，四周飄散著烤豬肉的香味。

「……咕嚕。」

香味惹得嘴邊沾滿煤灰的蘿絲不禁流出口水……喂。

「口水口水。而且妳的嘴邊都是煤灰喔。還有，我姑且告訴妳一聲，現在還在戰鬥，妳可別吃半獸人。」

「！」

蘿絲連忙用袖子在嘴邊擦了擦，而她身邊的半獸人似乎打算設法反擊，拿起手邊的東西一點一點逼近她。

「喂蘿絲，我有個問題想請教一下。剛才出招之前的台詞還有妳擺的帥氣姿勢，都是在吐火之前不能不做的必要過程嗎？」

「饒了我吧愛麗絲小姐，妳這是明知故問吧！那是我爺爺……！」

蘿絲淚眼汪汪地向艾莉絲抗議，而半獸人們認為這是個好機會，紛紛衝了上去。

但是，雪諾不知何時已經繞到半獸人們的身後，以令人眼花撩亂的火紅斬擊往半獸人們的背上砍去。

每當雪諾的灼熱劍一閃，半獸人就變成一團火球，放聲慘叫，一一倒地。

那正統派的劍術簡直可以說是騎士的典範，讓我有點佩服。

『六號，那個傢伙明明是血肉之軀，身手卻相當了得呢。騎士團裡該不會有很多那種水準的傢伙吧？如果是這樣的話，侵略就會有點麻煩了。』

『不，我聽說那個女人沒有任何人脈，是只靠實力爬到騎士隊長之位的菁英。再怎麼樣我也不想把那個傢伙當作騎士的標準。』

眼尖的雪諾發現我和愛麗絲如此交頭接耳，厲聲斥責。

「喂，還有敵人好嗎，別聊天了，快點……格琳呢？」

這麼說來，蘿絲已經展現了她的實力，但格琳還沒施展她的力量。

我很想親眼見識一下那個傢伙口中的詛咒是怎麼一回事啊。

而被雪諾點名的她本人……

還在我們一開始藏身的樹叢裡，窩在輪椅上睡覺。

「「……喂。」」

忍不住叫出聲的我和雪諾共鳴了。

「那個傢伙真的是……就算她的身體只能夠在夜晚活動，未免也太鬆懈了吧。還是給她稍微嚴厲一點的制裁……」

雪諾帶著怒氣走向格琳。

相反的，我背對著格琳和雪諾……

「反正半獸人也逃得差不多了，別理她別理她。我來負責推格琳，咱們回去吧。」

就在這個時候。

一道陰影從我們頭上籠罩而下。

我不禁仰望天空，看到的是——

「那是什麼？」

在地球只能在傳奇故事當中看見的，傳說中的幻獸。

名為獅鷲的巨大生物，緩緩從天而降。

「「獅鷲！」」

3

緩緩落下的那隻生物，有著大鷲的頭和獅子的身體，拍動著巨大的羽翼。

看見那隻生物，雪諾和蘿絲相當緊張。

不同於這樣的兩人，第一次看見那隻巨大生物的我和愛麗絲……

「喂，聽說那就是遊戲和漫畫裡面經常出現的那個有名的獅鷲耶！半獸人也好那個也好，為什麼這裡會有我們那邊的幻想生物啊？對了，我應該有帶數位相機來才對！」

「不，你聽見的獅鷲是我的意譯。話說回來，那是根據怎樣的原理在飛行啊？要讓那個大小的物體飛起來，以牠的胸肌和翅膀應該辦不到才對。要是把那種東西帶回地球的話，會被航空力學的學者們丟石頭吧。」

正在當觀光客拍照。

「喂六號，你在做什麼！別玩了，快點戰鬥！」

對於如此警戒的雪諾，上空傳來一個聲音。

「等等，我要找的不是妳，而是那些貨物！」

聲音來自緩緩降落的獅鷲的背上。

說話的人，是一個白髮紅眼褐色皮膚，頭上還長了兩根角的女魔族。

「——真是的，早知道就不要把事情全部丟給部下了。還想說補給部隊怎麼來得這麼慢，結果過來一看就是這副慘狀。真是的，居然弄成這樣……！」

說著，一名穿著以紅色為基調，相當暴露的服裝的美女從獅鷲背上跳了下來。

「這個慘狀是你們搞出來的嗎？穿著奇怪鎧甲的老兄，看起來隊長應該是你吧？說話啊！」

奇怪的鎧甲，是在說我這身戰鬥服吧。

至於被褐膚巨乳言詞針對的我……

「……吶，你有沒有在聽我說話啊？你從剛才開始就一直在做什麼啊？」

則是拿著照相機狂拍那對無以倫比的褐色巨乳。

「喂……喂，六號。喂。你要拍的話就拍獅鷲啊，幹嘛像得了失心瘋一樣，一直拍那個女人啊。」

聽愛麗絲這麼說，我只好無可奈何地放下數位相機。

「……襲擊你們補給部隊的確實是我們沒錯。聽妳這麼說，再加上那身服裝和態度……原來如此，是魔族的幹部級人物吧。」

巨乳聽了我的回應，發出佩服的嘆息。

「只看了一眼就知道我是幹部啊？你的眼力相當不錯嘛。沒錯，我就是魔王軍四天王之一，炎之海涅！能夠看出我的實力，看來你並非等閒之輩！」

說著，自稱海涅的女人瞇起眼睛，挺起胸膛。

「呵……還好啦。我從你身上可以感覺到邪惡組織幹部特有的獨特氣息。」

畢竟我們組織裡的那些幹部多半都是些有點毛病的人。

看她那身毫無意義的高暴露度奇裝異服，即使世界不同肯定也是幹部無誤。

沒錯，就是所謂的怪胎氣息。

「哎呀，以人類而言你還挺厲害的嘛！呵呵……我看上你了。就這樣殺掉你有點可惜。只要把那堆貨物留下來，我可以饒你一命喔。」

海涅看起來相當開心，瞇起眼睛，露出詭異的笑。

「說什麼傻話啊！妳以為有人類會聽從魔族說的話嗎！」

「就是說啊！即使面對幹部，人類也不會屈服於邪惡！而且，這些物資是我的晚餐！」

對於海涅的發言，雪諾和蘿絲義憤填膺地這麼說。

「……喂，該怎麼辦啊愛麗絲？那個傢伙怎麼看都是怪人級的強者對吧？憑現在的裝備對付她太吃力了，今天乾脆閃人吧。」

「你這個傢伙就是這樣，才會過了這麼久都還只是個小職員。應該說你也稍微看一下狀況吧。」

聽我們這麼說，雪諾和蘿絲怔了一下。

「你、你這個男人，大敵當前竟然膽怯了起來，有沒有羞恥心啊！果然在第一次遇見你的時候我就該砍了你！」

「隊、隊長，我的食物！我真的已經快要餓死了，拜託你，別閃人好嗎！」

在兩人如此發難的時候，海涅瞬間露出傻愣的表情，隨後大聲笑了出來。

「啊哈哈哈哈哈！你還真是老實啊，有意思～～！要不要乾脆加入魔王軍啊？你看起來很能打，在完全鎮壓住人類圈之後，我們可以讓你負責管理人類。到時候你就可以把看上眼的女人全都收為己有了。」

「我加入。」

「等一下六號，不要決定得那麼快……喂，妳不要擅自挖角我們的戰鬥員，造成我們的困擾好嗎？這個傢伙雖然腦袋不是很好，但好歹也是主要戰力之一。」

聽見這番發言，海涅一副現在才發現到某件事情的樣子，盯著愛麗絲看。

「……哎呀？」

海涅觀察了愛麗絲一陣子之後，詫異地歪著頭說：

「妳是……人類……嗎？可是不知道為什麼，有種魔像的味道……？」

海涅自言自語的聲音，似乎沒有傳到以責難的眼神看著我的那兩個人耳中。

「所以呢，你想怎麼辦？要和我一起來我們的陣營嗎？」

我是很想說我一定要去，但大家的視線刺得我好痛。

這個玩笑再開下去的話，我大概真的會被雪諾捅吧。

「不好意思，我已經有個很可怕的上司了。」

說著，我拔出小刀，進入備戰狀態。

「……回去之後我要打小報告，說你說她們是可怕的上司。」

「愛、愛麗絲小姐，別這樣啦……」

海涅聽見我的答案也不生氣，只是瞇起眼睛輕輕笑了兩聲。

「我想也是。我看得出來，你是那種嘴上什麼都敢說，但其實不會背叛弱者的人。我看人很準的。可以問一下你的名字嗎？」

真的假的，原來我是不會背叛弱者的男子漢啊，連我自己都不知道耶。

這個人是怎樣，為什麼對我的評價這麼高啊？

明明是第一次見面卻擺個架子命令我的鎧甲女，還有只付低月薪就叫我做牛做馬，甚至差點用傳送機殺掉我的上司的臉孔在我腦中一閃而過，害我瞬間煩惱了一下要不要真的就這樣跟著她走……

「戰鬥員六號。就叫我六號吧，魔王軍四天王，炎之海涅啊。」

聽我這麼叫她，海涅先是瞬間頓了一下，隨即露出開心到不行的表情。

「是、是嗎，六號啊！沒錯，我是炎之海涅！魔王軍四天王，炎之海涅！」

……原來如此。

『喂愛麗絲。這個女人和我們組織裡的幹部一樣，是叫她的時候不加稱號的話心情就會變差的那種人。』

『反過來說就是用稱號叫她就會非常開心，變得很好處理就是了。她一定很喜歡那種約定成俗的發展吧。』

正當我和愛麗絲用日語交頭接耳的時候，海涅帶著開心的表情放聲大喊，掌心冒出藍色的火焰。

咦咦？這是怎樣這是怎樣，這是怎麼弄的啊！

這就是所謂的魔法嗎！

「你們在竊竊私語什麼啊。接招吧六號！放心，我不會取你的性命！你就親身體會一下魔王軍四天王，炎之海涅的力量吧！」

4

面對獅鷲以沉重的前腳發出的攻擊，我交叉雙臂勉強接下然後推了回去，並且不斷在地上翻滾，閃躲海涅丟出來的火球。

「六號，先不要起來！繼續趴著！」

「唔喔喔喔喔喔喔喔喔喔！」

正當我打算起身的時候，獅鷲又撲了過來。

「隊長，後面——！」

「啥啊啊啊啊啊啊啊——！」

然後我還在應付牠的攻勢的時候，海涅又丟出火球……

「喂！明明就是我們這邊人數比較多，為什麼只有我一個人在戰鬥啊，太奇怪了吧！」

我一邊大喊一邊後跳閃躲，火球剛好掠過我的瀏海。

「這、這次戰鬥我帶的是灼熱劍，對付使用火焰的幹部用這把武器克制不了她！我負責把敵方的補給物資燒掉，在此同時你負責絆住海涅和獅鷲！」

「在、在此同時我會把要帶回去的物資搬去別的地方，以免被雪諾小姐燒掉！」

聽見自私又不可靠的夥伴們這麼說，我開始認真煩惱要不要真的在這個沒有天理的狀況下倒戈了。

「啊哈哈哈哈哈！厲害！太厲害了！居然可以接連閃躲獅鷲和我的攻擊這麼久！你到底是何方神聖！」

聽著不知為何顯得很開心的海涅的笑聲，我決定要拿雪諾當肉盾而轉過頭去，就在這個時候。

好不容易躲過海涅的火焰的我看見獅鷲正準備撲過來，這時隨著一聲巨響，獅鷲的上半身因為中了子彈而後仰。

我看向聲響傳來的方向……

——看見的是抱著散彈槍的愛麗絲倒在地上，仰身躺著。

看來她是發射了對大型猛獸用的特殊彈，卻承受不了後座力的樣子。

「……雖然妳救了我，不過妳到底是多孱弱啊？」

「吵死了，在你四處逃竄，出盡洋相的時候，我一直在等待機會啊。我才想說呢，你就不能打得更像樣一點嗎？」

愛麗絲站了起來，把槍口對準獅鷲，同時對我抱怨。

上半身中了大量散彈的獅鷲，身上到處流著血，發出虛弱的慘叫。

而海涅則是一臉啞然地看著獅鷲，或許是因為精神有點渙散，她手上的火焰也消失了，瞪大了眼睛看著愛麗絲懷裡的散彈槍。

「……像妳這種小鬼，居然能夠制住獅鷲？那是什麼武器……不，你們兩個到底是何方神聖？」

海涅收斂起表情，壓低重心，擺出架勢。

她身上散發出來的氣氛也和剛才截然不同，明顯是把我們認定為敵人了。

我的腦內警報開始大響，告訴我這個女人比獅鷲還要危險。

愛麗絲的意見似乎也一樣，將對準獅鷲的槍口移向海涅，注視著她的動作……！

「看來形勢已經逆轉了呢。好了，妳就乖乖變成我的功勞吧！」

將補給物資大致燒燬之後，雪諾察覺到我們這邊陷入僵局，便把握機會跑了過來。

這個傢伙從剛才開始就完全沒有在對付幹部的時候發揮作用，現在是怎樣？

我正打算開口對那個眼裡只有功勞的貪心女人抱怨，就在這個時候。

——背後響起一道悶聲。

聽起來像是非常沉重的物體從高處落地的聲響。

我轉頭看向後面，看見的是某種巨大的物體。

突然，環境變暗了。

因為從天而降的那個東西展開了翅膀。

愛麗絲輕聲冒出這麼一句話：

「怪人級……」

突然從天而降的，是一隻具有散發出黑色光澤的堅硬身體，以及形狀相當有特色的犄角的人形魔物。

身高看起來有三公尺以上，重量感更是驚人。

簡而言之，就是長了蝙蝠翅膀的鬼怪。

那隻鬼怪單手握著金屬製的棍棒，悠然展開翅膀，佇立在那裡。

『咱們拿雪諾當誘餌立刻逃亡吧。開始行動，愛麗絲！』

『收到！』

「喂六號，不准在這種狀況下使用那種神祕語言！你們剛才是策劃了什麼不好的事情對不對！」

雪諾不知道在鬼吼鬼叫什麼，但我現在也沒空理她。

光是海涅和獅鷲已經夠棘手了，我可不想再多對付那種東西！

就在這個時候。

「……啊……咦？」

我聽見一個狀況外又沒睡醒的聲音。

仔細一看，從天而降的怪人級強者身旁，出現了一張熟悉的輪椅。

就連在這種狀況下都能睡的格琳，大概是被距離非常近的聲響和震動吵醒了吧。

格琳揉了揉眼睛，一臉傻愣地環顧四周，和那個巨大物體對上了眼。

「早、早安……？」

還沒睡醒的格琳輕聲這麼說，那個東西便舉起手上的巨大金屬棍棒——

——接著響起了一個清脆的碎裂聲。

脖子以上的部分都不復存在的格琳，緩緩靠在輪椅上。

「唔，喂。格琳？」

看著動也不動的格琳，雪諾立刻進入備戰狀態。

「六號！我來對付那個東西。在此同時你去回收格琳！」

回收格琳？

「啊啊？回收這個東西？妳還好嗎？這已經是普通的肉塊了耶。」

不是吧，剛才那顯然是致命傷耶。

說著，那個傢伙用力揮了一下鐵棒甩掉上面的血，然後一腳踹飛格琳的輪椅。

輪椅被踢壞，格琳像斷了線的風箏摔在地上。

「喂海涅，對付這種小雜碎妳還要玩到什麼時候啊？如果是在玩虐待人類的遊戲，我也要加入！」

「嘖，我並不是在玩好嗎。算了，我沒興致了。之後隨你愛怎樣就怎樣吧。」

海涅這麼說完，便騎上依然發出虛弱叫聲的獅鷲，拍打牠的背。

離開前瞄了我一眼之後，海涅便一臉無趣地離開了。

——短時間內這一連串的發展讓我的腦袋跟不太上。

對了，就照雪諾所說，趕快回收格琳好了。

啊啊，這麼說來，格琳入隊的名義是魔法師對吧。

既然如此，那八成是幻術還是什麼的吧。

「喂六號，振作點！」

愛麗絲不知何時已經來到我的身旁，用力拍了一下我的背。

「唔喔！我、我知道了！好，雪諾，那個傢伙拜託妳了，格琳就交給我吧！」

說著，我衝了出去，雪諾也配合我的動作挺身上前。

「啊啊？稍微輕輕碰一下就會隨便死掉的人類，居然想當我的對手？不好笑。一點也不好笑啊，人類！」

牠拍打巨大的翅膀，光是這樣便颳起強烈的陣風迎面撲來。

「唔……！」

在強風吹襲之下無法靠近的雪諾輕聲呻吟。

「喂人類，在殺了你們之前我先報上名號，你們記好了！本大爺是魔王軍四天王之一，地之加達爾堪德！記住了嗎？記住了吧！好，那你們也像蟲子一樣去死吧！」

加達爾堪德如此吶喊的同時，愛麗絲發射了散彈。

當下立刻舉起雙臂保護臉部的加達爾堪德，隨著堅硬的碰撞聲將散彈悉數彈開，同時順勢朝雪諾衝了出去，為了增加力道而用力蹬地……！

「吸————！」

這時蘿絲配合他的動作，深深吸了一口氣。

「唔喔喔喔！混、混帳！妳這個傢伙是怎樣，竟然來這招！」

就在加達爾堪德準備撲向雪諾的時候，蘿絲吐出的火焰籠罩住他。

接著雪諾揮出灼熱劍順勢追擊，熊熊燃燒的火焰變得更加旺盛，讓加達爾堪德發出苦悶的聲音往後退。

趁加達爾堪德拍打翅膀搧熄身上的火焰時，我衝到格琳身邊，將她抱了起來……！

我的思緒在此停擺。

不管我怎麼看，那都不是幻術或任何手法。

失去了頭部的格琳，身體呈現癱軟無力的狀態……

『——吶愛麗絲，這是怎麼回事？這個星球的人類變成這樣也不會怎樣嗎？』

『六號，你冷靜一點。那個傢伙已經不行了，早就死了。』

愛麗絲對抱著格琳的我這麼說。

我聽見這句話，一股怒意瞬間竄了上來。

格琳和我昨天才剛認識。

老實說，關於這個傢伙的事情我除了綁繩內褲之外一無所知，但無論如何也是彼此交談過的關係……

「我要宰了那個混帳！喂，愛麗絲、雪諾掩護我！不管他是四天王還是什麼我都要殺了那個傢伙！蘿絲看好格林的遺體！」

聽暴怒的我如此指示，雪諾瞬間嚇了一跳。

「我、我知道了！這個傢伙是敵方的大幹部之一，能在這裡討伐他的話是一大戰果。」

不過她立刻如此大喊，緊緊跟在我身邊。

「嗚哈！幹嘛那麼亢奮啊人類！人生應該活得更開心一點啊，你們原本就已經夠短命又很容易翹辮子了！」

「我一定要宰掉這個傢伙！愛麗絲，幫我傳送R鋸劍過來！我要將他碎屍萬段！」

「好，我知道了！」

加達爾坎德的挑釁讓所有人都準備開始行動，然而就在這個時候。

「您在這裡做什麼啊，加達爾坎德大人！」

空中傳來一個聲音。

出現在天上的，是外型類似加達爾坎德但小上兩號的魔物。

「怎麼，是你啊。沒什麼，今天的戰鬥是羅素那個不知道在囂張什麼的傢伙負責指揮，所以我打算悠閒地晃去戰場，結果就看到海涅和這些襲擊補給部隊的傢伙在玩。」

「海涅大人早已前往戰場參戰，戰鬥也已經開始了！您在這裡和少數幾個人類玩耍會讓我很為難！即使補給部隊遭到襲擊，也是擔任戰鬥指揮工作的水之羅素大人要負責。但是，如果您遲遲未在分派到的戰場現身，就是您的責任了！也當作是為了我等一族，請您盡快前往前線！」

聽對方這麼說，加達爾坎德嘖了一聲。

「讓你們撿回一條命了啊，人類。今後看到我的時候記得躲好！我走了！你們就抱著那個女人的遺體，哭著回城裡去吧！」

接著他留下這番豬狗不如的台詞，便飛上高空。

「等一下，你這個該死的傢伙，想逃啊膽小鬼！開什麼玩笑啊，給我下來啊，混帳——————！」

儘管我如此嘶吼也無濟於事，加達爾坎德飛往戰場去了——

「——那個傢伙說他要去戰場是吧。」

「……你想去追那個傢伙嗎？這樣做太不切實際了。想追飛上天的對手也追不上。現在趕往戰場也得花上很多時間，到時候戰爭說不定都結束了。不如設法處置格琳比較重要。」

被對手丟下來的我喃喃自語，於是站在我身旁的雪諾便如此回應。

「……愛麗絲，R鋸劍呢？」

「在那個傢伙飛上天的那一刻我就暫停傳送便條了……還要申請傳送嗎？」

「…………算了，不需要。還是好好弔祭格琳吧。反正那個傢伙不久之後就會出現在戰場上了吧。」

我看向蘿絲正在辛勤地搬到敵人載運補給物資用的板車上的，格琳的遺體。

太可惜了……

雖然不時會出現奇怪的言行，白天也都一直睡眼惺忪地發呆，不過論外貌還是個好女人啊……

「雪諾，這個國家都怎麼處理遺體？土葬嗎？還是燒掉？」

我心想至少應該正式弔祭她，但雪諾卻說：

「……嗯？你該不會完全沒聽格琳提過吧？」

「……？」

在我理解雪諾說的話是什麼意思之前，她接著又說：

「你該不會以為格琳已經死了吧？這點小事還不會讓這個傢伙喪命喔。」

…………

「啥？」

這個女人說這是什麼話啊？

「不，你聽我說，格琳還沒有死。應該說，你是不是沒有仔細看過履歷啊？」

說著，雪諾指向格琳的遺體，而蘿絲正在辛勤地將戰利品，也就是食糧堆放到安放了遺體的板車上還有空間的部分。

她想盡可能多堆一點食物的心情我可以理解，但是在相當於格琳的頭的位置擺一顆看似南瓜的蔬菜實在太荒誕了，可以不要這樣嗎？

「呃，總而言之這是怎麼回事？」

我一臉茫然地這麼問。

「那個時候我說明過，聚集在那個地方的都是些麻煩人物對吧。以蘿絲而言，你看了也知道，她有著魔物的血統。那個女孩明明那麼強，卻只因為這個原因而受人厭惡，無論加入哪個部隊都受到苛刻的對待。像是叫她單槍匹馬突擊敵軍之類的。說穿了幾乎是把她當成棄子在看待。」

…………

「看來這個國家也有不少人渣，相較之下我都變得清新正直又善良了起來。」

「是啊。這個國家氾濫著足以與你匹敵的人渣。」

這個賤嘴女。

「然後是格琳。這個傢伙信奉的澤納利斯，是一尊有點特殊的神。」

雪諾顯得有點難以啟齒。

「格琳是只有少數人才知道的大司教。而澤納利斯，是掌管不死與災禍的太古邪神。」

5

我們回到城裡的時候，騎士團早就已經在那裡了。

雖然說我們為了把補給物資扛回來花了點時間，但再怎麼說，他們也回來得太快了點。

應該說，仔細一看，騎士團的人數比出發之前少了很多。

而且在場的騎士們也都傷得不輕。

「大概是輸了吧，他們的表情很陰沉。不過這對我們來說正好。六號，現在正是誇耀我們的功勞的時候。去找個官階夠高的傢伙過來向他報告，就說你們輸到夾著尾巴跑回來，但我們的補給部隊襲擊作戰成功了，所以敵人應該會撤退而不會在此地停留，好好對他們大賣恩情吧。」

愛麗絲提出這種惡魔般的意見，要我去追打已經因為敗戰而身心都千瘡百孔的騎士們。

「包在我身上！我去告訴他們，說我們就是因為料到可能會有這種狀況才執行這種作戰，要好好感謝我們。順便再大罵他們，說我們都已經絆住四天王之一了你們還打成那樣，成何體統。」

「這……這樣未免也太卑劣了吧，不過你們也只有這種時候特別可靠了……話說回來，我也不討厭這樣。在菁英分子和強者表現失態的時候，對他們窮追猛打真的再開心不過了。啊啊，光是回想起來我就快要流口水了……」

這個傢伙在一路往上爬的時候，截至今日不知道把多少人踢了下去。

儘管對於雪諾突如其來的嗜虐發言感到有點退縮，我依然興高采烈地去報告戰果。

——我們離開王都，來到一處天花板開了洞的小祭壇。

這個祭壇看來是天然的洞窟改造而成，到處擺放著形狀看起來相當邪惡的擺飾。

正當我因為城鎮附近竟然有這種詭異的設施而感到驚奇的時候，就發現格林的屍體躺在洞窟中央的台座上。

「我們要在這種地方讓格琳復活嗎？」

罵到高官差點哭出來之後，我跟著先行出發的愛麗絲她們來到祭壇。

「是啊。說是讓她復活，其實也只要將格琳的遺體和祭品放在祭壇上，之後這麼放著就可以了。接下來等到晚上她就會自行復活了。」

「……妳說的祭品，該不會是擺在旁邊的那些破爛貨吧？」

和格琳擺在一起的，是已經變得破破爛爛的人偶、穿得很舊的衣服，還有其他看起來已經妥善使用了很久的老舊用具，以及……

「啊，那是我最喜歡的寶貝襪子。因為已經穿到破洞了，我就拿來當成讓格琳復活的祭品了。」

正當我仔細端詳著放在格琳的枕頭旁邊的襪子時，蘿絲害羞地對我這麼說。

真的假的，格琳一條命的價值和破襪子差不多嗎？

「供奉給格琳所侍奉的邪神澤納利斯的祭品，是蘊藏著人們最寶貴的心意、執著的各種物品。有這麼多充滿回憶的物品應該就可以了吧……好了，我去吃完飯就要回房間了。今天晚上有索林葛公司的刀具特別節目，我不想錯過。」

「啊，我也要吃我們帶回來的大量補給物資！」

「因為今天開了很多槍，我應該會花點時間保養散彈槍吧。六號要做什麼？」

正當大家各自行動時，我說：

「嗯——我就這樣待在這裡好了。格琳到了晚上就會活過來吧？我想看一下她會怎樣復活，而且她重返人間的時候沒有人在身邊的話應該也會很寂寞吧——」

——夕陽西沉，四下也逐漸變得昏暗。

不久之後夜色已經低垂，但格琳依然還沒有復活。

我抱著膝蓋坐在距離安放格琳的台座幾步遠的地方靜靜等候。

透過天花板的開口放空腦袋望著夜空，憑肉眼就可以看見多到令人難以置信的繁星。

可見這個世界的空氣有多麼清新。

王都沒有高樓大廈，路燈也不多，或許也是星空清晰可見的理由之一吧。

拿數位相機拍下來，回日本的時候當成伴手禮好了。

這麼說來，半獸人和加達爾堪德好像也該拍一下才對。

正當我想著這些無關痛癢的事情時，瞬間有種安放著格林的台座正在微微發亮的錯覺。

……不對，不是錯覺，真的有光。

——突然間，看似魔法陣的花紋以格琳為中心浮現，耀眼的光芒穿過天花板的空洞部分，朝天空竄升。

不久之後，光芒平息了下來，放在祭壇上的祭品消失了，躺在上面的格琳便緩緩睜開了眼睛。

格琳直接撐起上半身，像是想緩解頭痛似的舉手扶額。

「……隊長？你抱著膝蓋坐在那種地方做什麼？」

「……我在等妳復活啊。」

格林一邊像是在找什麼東西似的四處張望，一邊帶著不解的表情問我：

「為什麼隊長要等我復活啊？……啊，是不是因為我都還沒有施展力量就死掉了，所以要我接受什麼懲罰啊……？」

「嗯？不，並不是這樣。我只是想說復活的時候都沒看到人，妳應該會覺得寂寞吧。一方面也是因為雪諾說只要放了祭品，不久之後妳就會自己活過來，但我對這個說法半信半疑就是了。」

「這、這樣聽起來，我死掉的這段期間好像被處理得相當隨便呢……」

還是不要告訴她祭品當中有舊襪子好了，這樣才算是貼心吧。

格琳似乎放棄找東西了，轉過頭來直視著我，態度當中沒有平常那種戰戰兢兢的樣子。

「話說回來，隊長還真奇怪。之前我加入過的部隊，可沒有任何一個隊長會體貼到等我復活呢。」

「是喔。總覺得，這好像是我來到這個國家之後第一次聽到有人把我當人來稱讚呢。」

聽我這麼說，格琳瞇起眼睛，露出微笑。

「是啊，我是在稱讚你沒錯。一般人光是知道我祭拜的是不死與災禍之神澤納利斯就會露出厭惡的表情了，可是你不但不會，面對我這種不管死了幾次都會活過來的詭異存在，還願意像這樣正常對話。知道蘿絲帶有魔物血統的時候，隊長也不太介意。」

話是這麼說沒錯，但我們組織裡的怪人的震撼力要比蘿絲高上許多嘛。

「隊長，我就給一個忠告吧。我和蘿絲沒那麼容易喪命所以無所謂，不過這個聚集了麻煩人物的小隊，只會被送去一些危險的地方。」

說著，格琳露出有點哀傷的微笑。

之前想必也有很多麻煩人物因此喪命吧。

眼前這個表情空靈，感覺隨時都會消失的格琳，給人的印象和白天那個一直昏昏沉沉，悠悠哉哉的傢伙簡直判若兩人，害我很想問妳是哪位。

聚集麻煩人物而組成的部隊是吧。

加入的都是可以存活下來打出戰果算賺到，死了也沒有誰會因此傷腦筋的人。

竟有此事，簡直黑心到連我們的組織看起來都可愛多了。

回日本之後姑且報告一下他們這裡採取了這種很有效率的做法好了。

……不過，組織的幹部們八成不會想用這種奸詐的手段吧。

「所以了，隊長。這支部隊很危險。你還是快點辭職，離開這個國家比較好喔。」

格林看起來還是略顯寂寥，卻如此關心我。

聽她那麼說，我不禁直接說出心裡話。

「啊？妳在說什麼啊，我不會離開現在的部隊喔。」

見我擺出一副妳在說什麼傻話的態度，格琳露出驚訝的表情。

「我、我才想說隊長在說什麼呢。這支隊伍只會被派去危險的最前線之類的，接到的都是被當成棄子的任務喔。」

事到如今還在說什麼啊。

「我原本待的組織派我去的地方，都是有幾百個魔王軍幹部級的強敵在大混戰的激戰區喔。」

「……咦？」

聽我這麼說，格琳驚叫出聲。

在我們正面進攻擁有大量英雄的美國那時，真的是慘烈到不行啊。

「即使碰上那麼一大堆強敵，我還不是好好的在妳面前活跳跳的。今天也是，其實我原本要把殺了妳的那個什麼混帳魔王軍幹部大卸八塊的，結果他不理我們，自己跑到戰場那邊去了。」

「這、這個……該怎麼說呢，算隊長運氣好吧。照理來說，和四天王級的魔物對峙根本就不可能平安無事喔……」

話可不是這麼說的。

「如果是那種程度的對手，我在萬全的狀態下並且裝備齊全的話，可以一次對付五個喔。」

畢竟那些英雄多半都是五人一組來攻擊我們。

還記得有一次，我明明不是怪人卻被迫一個人對付他們，最後儘管差點死掉，還是擊退了對手。

正當我因為回想起不好的過去而皺起眉頭的時候，格琳都驚訝到說不出話來了。

「……隊長是何方神聖啊？愛麗絲一直帶著走的那把奇怪的武器也讓我很好奇……」

啊，讓她這樣繼續追問下去的話好像不太好。

「這種小事妳就別管那麼多了。話說回來，仔細想想，現在的小隊成員除了我以外都是女人，根本是後宮編制嘛。在這種狀況下，就算有人拜託我也不會辭職啦。」

聽我這麼說。

「呵呵……我知道了。你不想面對這個問題的話我就不問了。那麼，今後也請你多多關照了，隊長。」

格琳露出了發自心的安穩笑容。

「……好了，時間也不早了。隊長接下來要做什麼？今天執行過作戰活動了，所以明天放假喔。」

「真的假的，這個國家在工作日的隔天就放假，待遇未免也太好了吧。我之前待的地方有個上司，先是派我去打了三天三夜的游擊戰，在我回營之後，以為總算可以好好休息的時候，還叫我去跑腿呢。」

那個上司就是很少離開研究室的墮落幹部，黑之莉莉絲。

「隊、隊長也吃了不少苦呢。說不定，你的遭遇還比我和蘿絲悽慘呢……」

「或許是喔。」

離開組織之後我才發現，自己之前待的好像是一間非常誇張的黑心企業呢。

「這、這樣啊……所、所以隊長，你接下來有什麼計畫嗎？」

「沒有啊，毫無打算。應該說這個國家也太沒有娛樂了吧。昨天分到房間之後，我去街上晃了一下，結果只找到喝酒的地方。」

沒錯，這個國家沒有便利商店，也沒有任何玩樂的地方。

不，或許有特種行業的店家，但是還沒拿到薪水的我又沒辦法去探索那種地方。

這時，格琳對這樣的我嫣然一笑。

「隊長。如果你不嫌棄的話……要不要和我約會？」

6

……我不是很清楚，不過這好像就是這個世界的約會。

《惡行點數增加。》

《惡行點數增加。》

「啊哈哈哈哈哈！啊哈哈哈哈哈哈哈！」

「呀哈——！衝啊衝啊——————！」

格琳和我在王都裡面奔馳。

正確說來，是我從後面推著格琳坐的輪椅到處亂跑。

「隊長，這張輪椅好厲害！又輕又快，知道這種感覺之後我已經回不去了！」

「再怎麼說這也是如月公司的產品！高品質的鋁製車架！配上防爆輪胎的最快版本！格琳，現在的妳是這個國家最快的人了！」

格琳剛才活過來之後在找的好像是她愛用的輪椅。

但是那已經在被加達爾堪德踹飛的時候壞掉了。

所以我請日本那邊隨便送了一張輪椅過來，結果……

「太棒了！今晚是最棒的夜晚！啊，隊長你看！前方有情侶！」

「好，準備因應衝擊！我要撞過去了！」

「住、住手————！」

正當我們玩著用輪椅衝進街上的情侶之間的惡作劇，並享受著其中樂趣的時候，一個身穿制服看似警察的女人追了過來。

「前面那兩個人站住！你們怎麼可以做這種找人麻煩的事情！這裡是賓館密集區，是情侶們休憩的地方喔，你們想推那種東西到處亂跑的話請到別的地方去！」

我莫可奈何地停下腳步，格琳則是一臉不解地抬頭看著我說：

「所以我們才在這裡到處亂衝啊，對吧？」

「就是說啊，這個女人到底在說什麼啊？」

「你們是明知故犯嗎！跟我回局裡一趟，我要好好訊問你們！」

看著那個乖乖牌警官，格琳哼了一聲。

「汝，奉命工作到這麼晚的人啊，誠實面對自己吧。看吧，好好看清楚妳身邊的景象。是不是覺得這些情侶很可恨啊！」

「不會啊，我也有男朋友……痛！好痛！住手，妳這是在做什麼！小心我以妨礙公務的罪名把妳關進牢裡喔！」

坐在輪椅上的格琳光著腳不斷踢著靠近過來的警官。

「妳的腳可以動喔？那為什麼要坐輪椅啊？」

「這是詛咒的反作用。借用澤納利斯大人的力量時，有各式各樣的限制……」

詛咒的反作用？

「總之，你們不准再毫無意義地推著那種東西到處亂跑了！真是的……就是因為會做這種蠢事才會連一個男朋友都交不到吧……」

警官多嘀咕了一句不該說的話，惹得格琳從懷裡拿出一個小人偶之後，就瞪大眼睛指著警官說：

「可恨的傢伙，竟敢說出那種話！隊長，今天在戰場上沒有表現，現在就讓你見識一下我的力量！偉大的澤納利斯大人，請對這個女人降下災禍！妳就突然暈眩吧！」

「唔！」

被她一指，警官壓著太陽穴，整個人晃了一下。

…………

「咦，妳的力量就只有這樣嗎？無論怎麼說都太虛了吧？」

「隊長，詛咒這種能力並無法保證一定成功。我的詛咒成功率大概有八成左右吧。首先，詛咒的話語如果一樣，每次使用都會讓成功率大幅下降。然後，為了發動詛咒需要相應的祭品，而且如果失敗的話詛咒還會降臨在自己身上……沒錯，就像這樣……」

說著，格琳傷心地輕輕撫摸自己的腳。

「原來如此……妳施加了削弱腳力之類的詛咒，然後反彈回自己身上了是吧……」

「不是喔，這是沒辦法穿鞋子的詛咒害的。」

害我還有點同情妳，給我道歉。

「唔……好、好不知所謂的力量啊……總覺得有點可憐，就連帶妳回局裡的心情都沒有了……」

暈眩已經平息的警官這麼說，以憐憫的眼神看著格琳。

聽她這麼說，格琳再次瞪大眼睛。

這次她從懷裡拿出好幾個人偶。

「妳說我的力量不知所謂！既然妳都說成這樣了，我就讓妳見識一下真正的詛咒！偉大的澤納利斯大人，請對這個有男朋友的人降下災禍！妳就嘗嘗腳踢到衣櫃角的劇痛吧！」

「！」

被她一指，警官抖了一下，不由得緊緊閉上眼睛。

「啊啊啊啊啊啊啊啊啊啊！」

而在如此反應的警官面前，格琳抱著右腳的腳趾大聲哭喊。

「喂，在輪椅上亂動很危險……啊！」

「啊啊！」

踢動兩腳不住掙扎的格琳，在我和警官的眼前從輪椅上滾了下去，重重撞到頭之後就動彈不得了。

……原來如此，這就是詛咒的反作用啊。

不過……

…………我得把這個傢伙再帶回去剛才的洞窟嗎？

7

隔天。

「饒了我吧！饒了我吧！拜託妳饒了我吧！」

「沒事的沒事的，這樣妳就可以變得更強了。」

今天好像放假，所以我就在宿舍裡到處亂晃，結果……

「我不行我不行，昆蟲類的我真的不行！」

「昆蟲的營養很豐富喔。在野外求生的時候吃蟲可是基本。別耍任性了，趕快給我吃下去。」

經過一個房間時聽見熟悉的聲音，我便打開房門。

我看見的，是愛麗絲正打算餵淚眼汪汪的蘿絲吃蚱蜢。

「妳們到底在幹嘛啊？」

蘿絲一看見我就躲到我背後，拿我當肉盾。

「隊長，快救我！愛麗絲小姐好過分！」

說著，她以畏懼的眼神看著愛麗絲。

「六號，你來得正是時候。幫個忙把那個傢伙抓住。」

「隊長不會做那種事情對吧！隊長是個心地善良的人！對不對！」

被夾在兩個人中間的我表示：

「妳是怎麼了愛麗絲，做這種事情妳也沒有惡行點數可以賺吧？這種事情應該交給我做才對。」

「隊長好過分！我再也不相信任何人了！爺爺說得果然沒錯，人類是愚蠢而應該毀滅的種族！」

蘿絲一邊不知所云地大喊一邊拍打我的背，但我置之不理，看向愛麗絲。

「沒有啦，這個傢伙不是可以吸收食物的基因情報而受其影響嗎？所以我才想說不知道原理到底是怎樣，做了各式各樣的調查。」

蘿絲好像是人造合成獸，但雪諾和格琳表示那只是她本人如此堅稱，她的真實身分依然成謎。

據說蘿絲原本沉睡在某個遺跡的古代文物當中，後來才被人發現……

「吶，他們當初找到這個傢伙的遺跡是什麼啊？這個世界過去曾經存在超文明嗎？」

「無法否定這個可能性。為了查明真相，我才會想餵這個傢伙吃各種東西嘗試看看。所以才想到餵蚱蜢。只要吸收了蚱蜢的基因，她應該可以具備最強的力量才對。」

原來如此，我大概明白是什麼狀況了。

「所以才想要餵我吃蚱蜢是什麼意思我完全不懂！應該有更強的生物的肉才對吧！」

聽蘿絲淚眼汪汪地如此反駁，我因為發現到文化的差異而受到衝擊。

「別小看蚱蜢的基因喔，蘿絲。蚱蜢可是強到讓我之前待的組織將製造蚱蜢型怪人當成禁忌呢。」

「就是這麼回事。好了，忍耐一下快點吃下去就對了。吃完之後我再讓妳吃好東西就是了。」

「我不懂！你們兩個在說什麼我完全聽不懂！」

蘿絲面對著我們一點一點後退，同時戰戰兢兢地問愛麗絲：

「不、不過，妳說的好東西是什麼啊？是好吃的東西嗎？先聽聽看是什麼東西我還可以考慮一下……」

愛麗絲拿出一包東西。

「這個叫作矽膠，吃了這個胸部應該會長大。」

「太棒了。喂愛麗絲，儘管叫貨，然後讓蘿絲大吃特吃把她餵成巨乳。」

「我不需要那種東西！維持現狀就很夠了！」

對了，這麼說來。

「我之前就很想問了，妳為什麼要任憑這裡的人使喚妳做牛做馬啊？妳那麼強，應該可以找到賺得了更多錢的工作吧？」

「……是為了知道自己的真實身分。這個國家的學者似乎在調查我沉睡的遺跡，而且我們說好了，只要我為這個國家工作，他們就會把研究成果告訴我……」

語畢，蘿絲告訴我們的，是基於往昔記憶的過往故事。

根據她本人表示，製造出她的開發者老人，因為染指禁忌的祕術而失去了性命。

老人在進行那項祕術之前不久，對蘿絲留下了各式各樣的遺言。

這個傢伙為了實現遺言，在找某個東西。

老人不惜染指禁忌祕術也想要的東西，是一種石頭。

煎煮飲下即成可治療各種病症，得到長生不老之身的靈藥；用以打造武器即成堅硬無比，絕對不會折斷的神兵。

用作魔法的觸媒甚至能夠毀天滅地，用以獻祭甚至能夠召喚神祇。

蘿絲的開發者所追求的，似乎是這種匪夷所思的東西。

……總覺得，聽了有關蘿絲的故事，我開始覺得無論怎麼想這個傢伙本身都是近似古代文物的東西，這個國家的人竟然還可以若無其事地使喚她做牛做馬。

應該說，他們是藉此逼迫這個傢伙以微薄的薪水做危險的工作啊。

這個國家還真不是東西。

『喂愛麗絲，順利建立起地球和這裡的交通管道之後，咱們派如月公司的研究員去那個遺跡吧。然後讓蘿絲來我們的組織工作。』

『我也在想這個。反正這個傢伙的外貌已經很像怪人了。再來只要設法調整一下她的心態，一定會成為優秀的戰鬥員。』

「是、是怎樣？你們兩個為什麼突然開始用奇怪的語言說話啊？」

正當蘿絲因為突然聽見日語而困惑時，我和愛麗絲一左一右用力抓住她的雙肩。

「蘿絲，今後我們會好好教育無知的妳。從今天開始，我們會正式把妳當成同伴。」

「沒錯，妳還是小孩，必須好好接受思想教育。今後妳就把我當成母親一樣看待，儘管愛戴我吧。」

「愛麗絲小姐的年紀還比我小吧！而且你們好像會教我奇怪的事情，我看還是敬謝不敏了……啊，這個徽章是什麼！不要擅自別到我身上來好嗎！」

愛麗絲在蘿絲的胸口別上代表如月公司人員的徽章。

「恭喜妳。這樣一來妳也是見習戰鬥員了。」

「太好了。今後妳不只是六號的部下，也是他的後輩了。要乖乖聽他的話喔。」

「我、我不要，你們兩位都一臉在打什麼歪腦筋的表情……咦，為什麼要突然開始鼓掌啊？別這樣好嗎，維持現狀就可以了！啊，隊長你這隻手想做什麼！我不吃喔！蚱蜢和矽膠我都不吃喔！」

【中間報告】

除了傳送抵達的地方位於數萬公尺的高空以外，算是順利抵達當地。

愛麗絲表示，當地可見許多不同於地球的生態系，不過大氣成分除了二氧化碳較少之外，其他都和地球差不多。

也發現了廣大的未開拓地以及文明圈。

尚未進行資源調查，但至少食用當地取得的食材似乎沒有問題。

至少，只要能夠設法處理未開拓地，便可望解決人口增加造成的糧食短缺。

此外，已成功在當地被登用為戰鬥員。

對方看穿了我的優秀素質，直接提拔我為小隊長。

現在，當地存在著名為魔王軍的同業，正在和登用我的單位進行戰鬥。

已和名為魔王軍的同業交戰，並確認到怪人級的對手。

憑著現在的貧乏裝備不可能獲勝，以些微差距敗北。

因此，別再說那種小氣的話了，請分發整套最新裝備給我。

報告者　差點被莉莉絲大人害死的戰鬥員六號

第三章

攻略高塔的正確方式

戰鬥員派遣中！

1

得到了蘿絲這個新玩具……不對，我是說逼迫蘿絲成為手下之後，我們後來又接獲了幾次出擊命令，打了幾場小型戰鬥，獲得近年罕見的勝利，接著更順利打出各種戰果。

每天過著這樣的生活，今天輪到了假日……

「太奇怪了。」

在宿舍當中，我們分配到的房間內。

聽見我的自言自語，正在拆解清理散彈槍的愛麗絲停下擦槍的動作，抬起頭來。

「怎麼了？魔王軍的動態有什麼讓你不放心的地方嗎？」

「不，我說的不是魔王軍那種小事。」

愛麗絲將散彈槍的零件放到桌上，準備認真聽我要說什麼。

「……我們來到這裡之後，已經出擊過好幾次，每次都有相當活躍的表現。然後都已經過了這麼久了，卻沒有任何人表現出喜歡我的樣子。」

「……啥？」

這樣的愛麗絲，明明是個仿生機器人卻露出合不攏嘴的傻愣表情，看起來煞是有趣。

「啥什麼啥啊。聽好了愛麗絲，我的小隊裡都是女人。除此之外還有緹莉絲和騎士團的女騎士，以及身為敵人的炎之海涅，雖然說有男朋友但那個警官也是女的，應該是不乏邂逅的機會。」

「那位警官來警告過了。格琳因為很喜歡你給她的輪椅，每天都在鎮上奔馳。還說下次被她發現就要逮捕格琳。」

我對於愛麗絲的發言充耳不聞，高舉拳頭大聲疾呼：

「但是！明明有這麼多的邂逅，卻還沒有發生過任何一次殺必死事件。應該是時候了吧，比方說雪諾誤闖男澡堂的時候我正好在洗澡；睡昏頭的格琳搞錯房間，我早上醒來才發現她睡在我的床上；或是肚子餓的蘿絲誤以為是香腸，不小心把我的……之類，也差不多是時候發生一兩個類似這樣的事件了才對吧。」

「先不管最後一個例子有多低級，總之我知道今天的你比平常還要奇怪了。」

愛麗絲一副發現稀有動物的樣子，興致盎然地看著我，而我繼續說了下去：

「我為這個連戰連敗的國家帶來第一次勝利，此外儘管只是一些零星的戰鬥，但也打出不少戰果！照理來說光是這樣，作為被人愛上的要素就已經很有力了吧。而且我每天都努力不懈，抱著膝蓋坐在走廊的轉角，期待發生和轉過來的女生相撞而在倒下的時候誤觸她的胸部的事件！」

「有很多單位都來向我申訴，說那樣很擋路叫你別再那麼做了。」

我用力壓住動不動就吐嘈的愛麗絲的頭。

「我也想被美少女告白卻因為突然吹起一陣怪風而沒聽見，或是完全沒發現對方的好意然後被罵『你這個遲鈍的男人』啊！然後然後，我還想煩惱到底要從那麼多美少女當中選誰，最後演變成激烈的爭奪戰……喂，妳拉著我的手想帶我去哪裡啊？」

「我懂我懂，我都懂，總之你跟我去一趟醫務室，我幫你詳細檢查一下。」

我揮開愛麗絲的手。

「我正常得很啦！妳不覺得很奇怪嗎，這個國家的騎士明明就是女性的比例比較高！為什麼女人多成這樣，卻連一次偶然的福利都沒有啊！」

聽了我發自靈魂的吶喊，愛麗絲重重嘆了口氣。

我偶爾會覺得，這個傢伙未免也太像人類了。

愛麗絲牽起我的右手，放在自己的胸口。

我想不通她這個行動的用意，雙方默默注視著彼此。

「嗯嗯啊啊。」

這時依舊面無表情的愛麗絲機械式地發出嬌喘聲，於是我再次揮開她的手。

「真是太好了呢，你摸到美少女的胸部了。今天你就先這樣忍耐一下吧。」

「就算揉了黏在機器人胸口的矽膠我也不會開心啦！還有，妳叫的時候至少稍微放點感情進去吧！不對啦，我不是這個意思！也不對，我當然也想做色色的事情是沒錯！」

「你不用再說了，冷靜一點，和我一起去醫務室吧？走吧？」

正當愛麗絲安撫著激動的我的時候，有人敲了敲門。

「你們到底在大吼大叫什麼啊，外面都聽得見耶。等一下好像要開會，你也在與會人員名單上面……亂吼什麼色色的事情，想丟臉不要連累加入你的小隊的我好嗎！」

紅著臉的雪諾打開門，告訴我受到召集的消息。

「——勇者大人一行人在對上守護達斯特之塔最高層的魔物——力之基爾與智之李斯塔的時候戰敗，並且負傷。現在正動員所有治療術士進行緊急治療。」

這裡是城裡的會議室。

各部隊的隊長到齊之後，被大家稱為將軍的大叔如此開口。

聽到勇者戰敗的消息，會議室內嘈雜不已。

「肅靜！所幸勇者大人的傷勢並未嚴重到危及性命，似乎也不難治療。」

聽到這裡，隊長們露出鬆了一口氣的表情。

「不過，誠如各位所知，目前我國受制於魔王的大軍。勇者大人並未戰死固然是不幸中的大幸，但這次敗戰突顯出一個問題。」

會議室內陷入一片寂靜，大家都在等待大叔接下來要說什麼。

「那就是，我們沒有時間了。雖然很不甘心，但是在總戰力方面，是魔王軍有利。若是戰爭拖得太長，我國總有一天會遭到殲滅。我們僅剩的希望，就是勇者大人能夠在我國遭到殲滅之前打倒魔王。換句話說，雖然對勇者大人很殘酷，但以現況而言必須請勇者大人加快進度才行。然而在這種狀況下卻碰上了這次負傷。」

陰霾在眾人臉上漫延。

「……我們問過目前正在接受治療的勇者大人為何要進攻達斯特之塔。結果勇者大人表示，攻略魔王城所需的祕寶被保管在那座塔裡面。換句話說，勇者大人在結束治療之後，又得動身攻略那座塔才行。但是，我們已經沒有時間了……」

正當大家不發一語地聽得很專注的時候，大叔用力拍了桌子。

「所以了，當勇者大人還在療養的這段時間，我們要以物量戰攻略達斯特之塔！以我國的全副力量，奪取不可或缺的祕寶！以便讓勇者大人盡早打倒魔王！」

會議室內響起一陣歡呼聲。

各部隊的隊長們全都一起激動了起來。

……不過，這和我知道的勇者不太一樣呢……

我原本以為勇者就是應該拿著國王陛下給的最低限度經費，接下花小錢打倒魔王這種不可能的任務才對，他們卻是舉國支援啊。

不對，這麼說來，勇者是這個國家的王子殿下呢。

既然不是故事情節，國家總動員才是理所當然的吧。

不過在這種狀況下應該輪不到我們上場吧，正當這麼想的我趴在會議室的桌子上耍懶的時候。

「且慢。將軍，所以我們該如何攻陷就連勇者也無法攻掠的達斯特之塔呢？您有什麼策略嗎？」

一面這麼說一面站起來的，是個一邊眼睛帶疤，頭上沒幾根毛的大叔。

我記得那個大叔的職位是作戰參謀，以前這些傢伙在戰爭當中落敗的時候，為了誇大我們的功勞，被我罵到差點哭出來的就是他。

「達斯特之塔的內部是直達塔頂的挑高空間，沿著塔壁的內部架設了螺旋階梯。所以，我方必須在狹窄的階梯上和守塔的魔物們戰鬥。攻略的方式只有一一替換受傷的士兵，以人海戰術一點一點打上去了。即使一大早就開始進攻，也不知道究竟有沒有辦法在一天之內結束……參謀大人有沒有什麼好計畫呢？」

被如此反問的大叔頓時慌張了起來。

看來他好像什麼都沒想。

「沒、沒有，我沒什麼想法……」

大叔，加油好嗎？

……這時，大叔不知為何斜眼看了我一眼。

怎麼了大叔，我沒辦法幫你解圍，就算有辦法我也不會幫你喔。

「六號大人最近捷報頻傳，而且又是其他國家的人，應該可以想出什麼我們想不到的作戰計畫吧？畢竟，他之前在我們戰敗的時候把我們罵得那麼慘……」

看來，大叔對當時的事情相當耿耿於懷。

聽大叔那麼說，會議室裡的視線都對準了我。

……下次讓他已經夠稀疏的頭頂變得更稀疏好了。

將軍直視著我，與我對看。

「六號大人，你有什麼辦法嗎？」

……要說有倒是有，但應該會嚇到這些人吧。

這個世界的人相當講究騎士精神，想法和我這個邪惡組織成員不太合得來呢……

「那就放火吧。」

依然坐沒坐像地趴在桌上的我這麼說，讓在場的所有人都歪頭不解。

「你的意思是火攻嗎？可是，那是一座石砌的高塔，我想火焰應該沒有效果吧……？」

坐在我附近的年輕女隊長這麼問。

「不，剛才說塔的內部是直達塔頂的挑高空間對吧。咱們先攻下塔的一樓，保持大門敞開，然後在挑高空間的正中央點個營火吧。這樣就可以用濃煙嗆到敵人的頭目和塔裡的魔物受不了，把他們全都燻成臘肉。很好玩喔！」

……………

「各、各位覺得如、如何？不，這招肯定相當有效。肯定相當有效，但是……」

將軍困惑地這麼說。

「不，再怎麼說這樣也太不人道了吧！該怎麼說呢，儘管對手是魔物……」

「是可以將我方的損傷壓到最低限度，不過……」

「吶，身為騎士，採取這種作戰計畫真的可以嗎？」

會議室內再次變得喧囂不已，隊長們紛紛說出自己的意見。

…………十分鐘後。

「不、不採用！六號大人，難得你好意提出這個建議，不過我們還是不用那個作戰計畫，決定正面進攻！」

隊長們也全都不住點頭。

2

那座塔兀自佇立在廣闊的荒野深處。

高度和小規模的摩天大樓差不多，外觀呈現柔白色。

騎士團已經投注了大量戰力進入塔內，早已占領了賴以戰鬥的立足點較多的一樓。

愛麗絲走到那座塔旁邊，興致勃勃地拍打著外牆。

「事情就是這樣，我們可以直接休息到傍晚了。」

「「……啥？」」

雪諾和蘿絲似乎聽不懂我這麼說是什麼意思，瞪大了眼睛眨呀眨的。

順道一提，在我身旁的格琳還是老樣子，坐在輪椅上睡得一副很舒服的樣子。

「你在說什麼啊，大家已經開始攻略那座塔了耶！而且，那座塔裡面有足以擊敗勇者的強大魔物！如果能夠討伐牠，可以讓我們立下多大的功勞你知道嗎！」

雪諾握著拳頭如此力闡，慷慨激昂到令人煩悶。

「我說妳啊……勇者應該很強才對吧？我猜就連魔王軍四天王一對一也打不過他。然後妳現在想以正面進攻的方式去打倒勝過勇者的傢伙嗎？才不要呢。我會怕，我可不想承擔那種風險，所以要在這裡睡午覺。而且來了這麼一支大軍，不久之後就會有哪支部隊結束這場戰鬥了吧。如果傍晚格琳醒來之後他們還沒有攻下那座塔的話，到時候我再做打算。」

聽我這麼說，雪諾的太陽穴冒出青筋，臉色也逐漸漲紅。

這個傢伙為什麼那麼容易動怒啊？

「你、你這個傢伙！我還想說最近你至少在戰鬥當中變得比較可靠了，看來是我看走眼了，你這個軟腳蝦！夠了，我自己一個人去就是了！我立了功也不會分給你！」

雪諾丟下這麼一句話，便怒氣沖沖地往塔那邊走過去。

「那個，隊長……這樣好嗎？就這麼讓雪諾小姐一個人去戰鬥……」

蘿絲憂心忡忡地看著雪諾的背影，似乎在猶豫要不要追上去。

「沒問題啦，那個傢伙那麼強，而且現在塔裡有一大堆我方的士兵，應該不至於被幹掉才對。大概不久之後打累就會回來了吧。」

——幾個小時後。

「……呼……呼……」

她真的打累就回來了。

「呼……呼……快、快要傍晚了六號……格、格琳還沒醒嗎？」

「我想她應該快睡醒了，不過她說的夢話好像很有意思，所以我們從剛才開始就一直在觀察她。」

格琳在輪椅上睡到流口水，嘴裡唸唸有詞：

「啊啊啊……雪諾她……雪諾她滿臉通紅地對隊長說……你要揉我的胸部還是怎樣隨你高興……竟然做出這種不知羞恥的要求……」

「給我醒來，格琳！混帳，不准作那種不像話的夢！喂，快醒來！妳敢繼續作那種奇怪的夢我就砍了妳！」

被雪諾用力搖晃的格琳微微睜開眼睛。

「赫！……我剛才作了一個很棒的預知夢……」

「算了，妳再睡一下吧。我馬上砍死妳然後就地掩埋。」

「她好不容易才醒來別再讓她睡回去啦。更重要的是，愛麗絲，狀況怎麼樣？感覺行得通嗎？」

我安撫了一下眼神凶惡的雪諾，並且如此詢問調查過高塔外牆的愛麗絲。

「嗯，建構起這座塔的石材相當堅固，稍微開個洞應該也不至於倒塌才對。再來就是爬得越高，風會越強，要多加留心。還有，天色已經很暗了，也要注意手抓的地方。對了，鎧甲很重也要脫掉。所有人的裝備都要以容易行動為重。」

聽愛麗絲這麼說，雪諾露出狐疑的表情。

「你們在說什麼啊？到底又有什麼企圖了？」

「什麼企圖不企圖，沒禮貌耶。現在不是要攻略那座塔嗎？我想也差不多是時候了。」

雪諾顯得更加狐疑了。

「你之前不是還很沒膽地說不要、會怕嗎，怎麼又改變心意了？」

「我是說正面進攻我會怕，所以才不要啊。雖然不是妳，不過我也想要功勞。而且想盡可能在最輕鬆、最沒有危險的狀態下賺到功勞。我一直在觀察你們攻略那座塔的狀況，發現好像已經有幾組和塔頂的頭目展開戰鬥了對吧。怎麼樣，有沒有稍微傷到頭目了？多少削弱他一點了嗎？」

聽我這麼問，雪諾一臉傻眼地對我說：

「……能夠奸詐到像你這麼徹頭徹尾也不簡單啊……儘管有少數人能夠攻到塔頂還是被好整以暇的頭目秒殺，這樣的狀態一直持續著。敵人據說是兩人一組，並且擅長強力的連攜攻擊。目前我方不知道該怎麼進攻，正在尋找對方有沒有什麼弱點。」

就在這個時候。

緊鄰著愛麗絲的牆上傳出「啪啾」一聲把東西打進牆上的聲音。

我看了過去，發現愛麗絲在塔的外牆上打了一根小鐵樁進去。

「嗯，行得通行得通。打得不費吹灰之力。六號，你拿著。」

愛麗絲拿在手上的，是一把小巧的打樁機。

那原本應該是在岩層上打樁用的工具就是了。

「……那個道具是什麼？……不，你們該不會是……」

雪諾看見那個，冒出瀑布般的冷汗。

「好，該行動了。攻略這種塔鬼才要從內側進攻啦，累都累死了。魔物們也都忙著對付從下面爬上去的士兵，現在天色又這麼暗，就算我們攀爬外牆應該也不會有人發現吧。對方八成也想不到竟然會有人從這種地方爬上去嘛。」

3

「喂，繞到另外一邊去！優先解決那隻使用魔法的魔物！否則傷亡會擴大！」

「壓倒對手！靠人數壓倒對手！」

在塔內如此嘈雜不已的時候，我們以拿著打樁機的我為首，一點一點沿著外牆爬上去。鐵樁打進牆裡的聲響，正好被塔內的戰鬥噪音掩蓋過去。

「用這種……用這種方式攻略高塔，真的是可以被允許的嗎？這、這種方式……」

從剛才開始就碎碎唸個沒完的雪諾緊緊跟在我的下方。

雪諾現在脫掉了鎧甲，把劍揹在背上。

其他成員也都卸下沉重的裝備，以方便活動的狀態攀爬著外牆。

「喂雪諾，雖然戰鬥這麼激烈應該不會被聽見，不過為了保險起見，還是盡量不要說話喔。要是在這種地方被敵人發現了可是會被一網打盡。想抱怨的話，找擬定這個計畫的愛麗絲說去。」

我也脫掉了戰鬥服，現在要是從這麼高的地方摔下去肯定頂不住。

我們已經爬到相當高的地方來了，所以得在不停吹襲的強風當中，一邊用一隻手牢牢抓住鐵樁，一邊把新的鐵樁打進牆上製造立足點。

不知道重複這樣的程序多少次了。

我們差不多已經到了可以看見塔頂的地方，這時雪諾輕聲對我說：

（……喂。喂，六號！）

於是我也輕聲回應。

（怎麼了，聲音聽起來那麼急切。妳該不會是爬到這裡才要跟我說妳想去上廁所吧？）

（才不是！並、並不是這麼回事好嗎……）

正當我心想不然是怎樣啊而感到疑惑的時候。

（……我白天一直在揮劍，體力已經瀕臨極限了。怎麼辦，我的手臂開始發抖了。）

（妳這個白痴，從這種地方摔下去穩死的好嗎！應該說要是妳摔下去的話會連累到順序在妳下面的那些傢伙吧！）

（我、我知道！所以我才問你該怎麼辦啊！不行，這樣真的很不妙，現在該怎、怎、怎麼辦啊……）

好勝的雪諾帶著隨時會哭出來的表情抬頭看著我。

這種感覺也挺新鮮的，所以我有點想多逼迫她一下，但是這個愛逞強的女人都如此示弱，就表示真的已經快要撐到極限了吧。

（真是夠了，拿妳沒辦法耶，把手伸出來！）

我暫時用嘴叼住打樁機，一隻手抓住鐵樁，用另一隻手抓住雪諾的手。

（唔，喂，你想怎樣？噫——！不要用一隻手把我吊在半空中啦，我的腳底都開始發涼了！）

我直接把大吵大鬧的雪諾往上拉到我肩膀的位置。

老實說，沒穿戰鬥服的現在要做這種事情相當吃力。

雖然我是改造人，但也不過是把肉體能力提升到人類的極限罷了。

我並沒有辦法用一隻手一直支撐揹著劍的雪諾。

嘴裡叼著打樁機的我用眼神示意要她趴在我的背上。

（唔，抱、抱歉。）

即使無法自行沿著外牆往上爬，靠雙手雙腳扒在我背上總辦得到吧。

確認雪諾把手環在我的脖子上牢牢抓住之後，我再次開始往塔頂攀爬。

……話說回來，這個狀況……

（喂，再抓緊一點！把身體緊緊貼在我身上才可以降低風阻！）

（我、我知道了，像這樣嗎？）

柔軟的東西在我的背上擠壓。

這就是我期盼已久的殺必死事件啊，真是感激不盡。

（妳今天第一次發揮作用了呢。既然都要造成我的負擔了，至少多用點力挺胸，貼得更緊一點吧。）

（你、你這個傢伙在這種時候說什麼啊！果然是個人渣。）

（少、少囉嗦！妳唯一的優點就只有巨乳了，我現在是讓妳發揮所長，妳應該好好感謝我才對！）

（作戰結束之後你給我到宿舍後面來一趟！）

就在如此輕聲鬥嘴的時候，我們終於抵達伸手可以碰到塔頂的位置了。

我確認了一下下面的人，大家都跟上來了，毫無問題。

體力原本就很好的蘿絲不在話下，就連成天坐輪椅的格琳也因為現在是晚上而一副很有精神的樣子。

至於愛麗絲更是不知道疲勞是什麼的仿生機器人，甚至還有餘力可以偶爾從窗口偷看塔內的狀況。

我輕聲對大家說：

（好，我先爬上去觀察狀況，等到我出聲叫妳們之後，妳們再爬上來。）

聽我這麼說，除了我背上的雪諾以外的成員都用力點頭。

打完最後一根鐵樁之後，我探出頭，偷偷觀察狀況。

在已經完全變暗的天色當中，有兩隻魔物站在塔頂。

一隻牛頭魔物拿著巨大的斧頭，以巨大的軀體擋在階梯前面，然後站在離牠有一段距離的地方的，是一隻握著法杖的山羊頭魔物。

入侵者被迫在狹窄又難以立足的階梯上一個一個面對敵人，而敵人卻可以在寬廣又穩固的地方一邊接受支援一邊應戰。

原來如此，敵人想得真是周到。

（好，牠們還沒發現我們，現在正是最好的機會。就這樣爬上去，把所有人拉上塔頂挑戰牠們吧。）

背上的雪諾對我如此耳語，不過……

我現在窺見的狀況，是兩隻魔物和無防備地背對著我們，聊天聊得很開心的樣子。

「呼哈哈哈，這已經是第幾組了啊，兄弟？我身上連一個小擦傷都沒有呢！」

「嘻、嘻，多到懶得數，我都已經不記得了啊，兄弟。不過，就連勇者也是我們的手下敗將，區區的騎士和士兵即使成群結隊一起上也敵不過我們啦。」

我揹著雪諾，偷偷爬上塔頂。

兩隻魔物目前依然沒發現我們，繼續閒聊，一副心情很好的樣子。

「是啊。擊敗勇者的我們，說不定會被拔擢為四天王級的幹部呢。也該是時候了，魔王陛下來找我們談這種事情也不奇怪吧？」

「是啊，就連四天王也無法討伐勇者，而我們雖然無法取他性命，但也成功讓他受了重傷。我們可以說是已經超越四天王了吧？」

（好，再來就把大家叫上來……喂，六號？）

我沒有理會雪諾的耳語，以匍匐前進的方式一點一點接近山羊頭魔物。

「呼哈哈哈，有夢最美啊，兄弟！沒錯，我們兩個湊在一起就無敵了！」

「嘻、嘻、嘻，沒錯，面對我們兩個的連攜攻擊，不只勇者和四天王不夠看，甚至魔王陛下都可能會感到棘手呢！」

心情大好的山羊頭還是沒有發現我們。

那個傢伙站在距離階梯比較遠的地方，從貫穿中央的挑高空間部分開心地看著戰況。

而我繼續朝山羊頭的背後前進……

（唔喂，六號，已經夠了吧，快點叫大家上來，把這兩個傢伙……）

「呼哈哈哈哈！兄弟，擊退現在正在進攻的那些傢伙之後，我們的名聲會變得更響亮吧！」

趁著心情舒暢的牛頭魔物放聲大笑的時候。

（六……六號？）

依然揹著雪諾的我，在山羊頭身後站了起來……

「嘻、嘻、嘻、嘻！沒錯！我們的名號總有一天會傳遍整個世界！我們就是力之基爾，以及智之……」

——然後將那個依然渾然忘我地說個沒完的智之不知道什麼的傢伙從塔上推了下去。

「喂————！六號你、你這個傢伙，竟然做出這種事情來————！」

「可以了！來吧，輪到妳們上場了！爬上來吧！」

我對著還在下面的傢伙大喊時，雪諾也從我背上離開，拔劍擺出架勢，一臉有話想說的樣子。

「喂六號，你這樣還算是人嗎！就連我都想同情那個傢伙了！我可沒聽過有哪個頭目在戰鬥前就被對手從塔頂推下去了！」

「啥！你、你們到底是從哪裡冒出來的！真是太瞧不起人了，喂，李斯塔，用那招吧！我們兩個的必殺……」

在隊員們從我和雪諾身後爬上來的同時，基爾左右轉頭，四處張望。

「……李斯塔？喂李斯塔，你上哪去了？」

理所當然的，牠的視線往我和雪諾指了過來。

而我們的視線，也自然而然地順著李斯塔掉下去的方向指了過去。

基爾離開守護階梯口的崗位，匆忙跑向李斯塔掉下去的地方，結果……

「李、李斯塔！李斯塔——！」

「救、救救我啊，基爾——！」

聽見這個聲音，我也悄悄探頭往塔下一看，發現被牠稱為李斯塔的山羊頭死命攀住螺旋階梯的一部分，一臉相當拚命的樣子。

「嘖，沒成功嗎！喂愛麗絲，妳有辦法狙擊掛在那邊的那隻嗎？」

「要擊落牠是很簡單，不過也不需要特地使用貴重的子彈，只要隨便拿石頭丟牠，不久之後牠就會自己掉下去了吧？」

「說的也是。好，就用這顆……」

說著，我隨手撿了一顆石頭起來。

「住、住手，別這樣對待牠！我不會讓你對李斯塔動手的！」

基爾如此宣言，並且擋在我面前，將李斯塔護在背後。

「別想對那個傢伙動手！我不知道你們到底是從哪裡冒出來的，情況又為什麼會變成這樣，但是我一定會保護我的兄弟！」

「嗚嗚……我、我下不了手……」

蘿絲在我身後如此呢喃。

但是，這個狀況再好也不過了。

「妳們幾個開始移動，把那個傢伙圍起來！然後，如果牠敢靠近我們當中的任何一個人動手攻擊，剩下的人就對掛在下面的那個傢伙丟石頭！」

「不愧是六號，簡直是堪稱如月公司模範職員的完美計畫。而且下達指示的時候還讓對方聽見，更可以讓牠不敢輕舉妄動地攻擊我們對吧。」

就是這麼回事。

「喂，你叫基爾對吧！嘿、嘿、嘿，你敢離開那裡半步的話就試試看吧，到時候你最重要的搭檔會怎樣可就不知道嘍？……好，妳們聽好了，我和雪諾會拿著石頭伺機而動！剩下的隊員站在敵人碰不到的位置，對牠發動遠距離攻擊！」

「「「哇、哇啊……」」」

除了我和愛麗絲以外的夥伴們聽見我的指示紛紛表現出退避三舍的反應。這時力之基爾渾身上下散發出悲壯感，舉起斧頭哭喊：

「混帳東西————！」

「——基爾！基爾，你沒事吧！」

一邊這麼大叫一邊爬上階梯的，是智之李斯塔。

「這個嘛，不能算沒事吧。不過還活著就是了。」

基爾意外地能撐，等到牠倒下的時候，掛在階梯那邊的李斯塔已經不見蹤影了。

而現在，李斯塔帶著塔裡的魔物現身，前來搭救基爾……

「你、你們這些傢伙……！不只用偷襲的方式把我推下去，甚至還凌遲無法還手的基爾……！不、不可原諒！我要把你們全都宰了！」

面對憤怒到眼中布滿血絲的李斯塔，我伸出手掌制止了牠。

「哎呀，你是不是沒聽見我說了什麼啊？我說牠不能算沒事，不過還活著。沒錯，我說牠還活著喔。」

在雙方的夥伴彼此牽制，提高警覺的時候，我對李斯塔笑了一下。

我明明是為了讓牠解除警戒才露出笑容，但不知為何，李斯塔卻不住後退。

「……你最重要的搭檔現在呈現瀕臨死亡的狀態躺在這裡。如果趕快處置牠的傷勢，或許還救得回來喔……好了，現在要問你一個問題。」

見我笑得更深了，李斯塔嚥下一口口水。

「你願意出多少錢買回自己的搭檔啊？」

我這麼一問，腦中便響起熟悉的語音。

《惡行點數增加。》

4

有人敲了我的房門。

「喂六號，你在嗎？」

在門外這麼叫我的，是雪諾的聲音。

……反正應該沒什麼重要的事情吧。

「純真善良的六號先生出門去河邊撿垃圾了喔。」

「少胡說了，你明明就在！」

聽我那麼說，雪諾一邊怒吼一邊走進房間。

時間已經過了晚上十點，在這個時段來找人未免也太晚了一點。

「妳在這種時間來幹嘛？這麼晚了跑來男人的房間，妳這是在引誘我嗎，奶子女。」

「不准用那種愚蠢的綽號叫我！要是被別人聽到害我擺脫不掉這個綽號的話，你要怎麼負責！」

「喂奶子女。我是不是應該識相一點離開這裡，給你們兩個年輕人一點空間啊？」

「夠、夠了喔！愛麗絲，連妳也要那樣叫我嗎！」

氣到大口喘氣的雪諾遞出一個大皮囊。

「……這是什麼？」

接過皮囊的我隨手打開，看了一下裡面……然後整個人就這樣僵住。

「那是你的薪水。你最近打出來的戰果的獎金也在裡面……真是的，我還是無法接受。我無法接受那種攻略高塔的方式，也無法接受把頭目推下樓的戰法。」

大概是覺得我整個人僵住很可疑吧，愛麗絲也看了皮囊裡面。

「……哇喔。」

「最無法接受的，就是你和魔物交易！我們確實是毫無損傷地取得了塔中的祕寶，但是身為騎士我實在是無法認同那種抓人質脅迫的方式……喂，你僵在那裡幹嘛？」

聽見雪諾狐疑的聲音我才赫然回神，再次確認皮囊裡的東西。

是金幣，裡面是滿滿的金幣……

「吶雪諾。這個數量的金幣，在這個國家有多少價值啊？」

「價值？啊啊，這麼說來你的腦袋有問題，很多事情都不記得了是吧，沒想到就連貨幣價值都忘記了。這個數量的話，差不多是一個家庭可以奢侈地過一整年的程度吧。」

「……真的假的。」

一臉茫然的我緊緊握住皮囊，而雪諾似乎對我的反應有不同的見解。

「嗯……你對這個金額不太滿意是吧。我懂，在金錢方面我也沒那麼容易打發。不過，雖然說立下了那麼大的功勞，但你還只是個小隊長。只要升上更高的階級，也會覺得那點金額只是小數目吧。確實符合功勞的報酬……」

在雪諾還沒說完之前，我已經先對愛麗絲斬釘截鐵地說了：

『愛麗絲，我不當間諜了。我決定一輩子效忠這個國家。』

『喂等一下別衝動。你用日語說這種話，代表你是認真的對吧。』

我又對一臉認真地吐嘈我的愛麗絲說：

『這妳就不知道了，聽好嘍？我曾經為了戰鬥在撒哈拉沙漠待了一個多月，好不容易回到日本之後，上司不但連一句慰勞的話都沒有對我說，還差遣我去買洋芋片。然後薪水扣掉保險之類雜七雜八的東西之後，實領十八萬日幣。』

『不如說，我比較想不通你為什麼到現在都還沒有辭職。』

看著開始用日語對話的我們，雪諾一臉狐疑。

「你們兩個是怎麼了，又開始講那種奇怪的語言。」

「小事別在意。只是六號因為一時興奮而脫口說出母語罷了。因為拿到的金額超出他所想像。」

雪諾的表情看起來是接受了這個理由，卻還是歪著頭說：

「這、這樣啊？那就好……愛麗絲，這個是妳的份。」

「喔喔，多謝。沒想到繼散彈槍之後我還可以拿到人家給我的東西。」

那個時候她的確是叫我送她散彈槍沒錯，但那也只是愛麗絲擅自用我的點數換來的，應該也沒有那麼誇張才對吧……

不過，愛麗絲依舊小心翼翼地抱著散彈槍，接過皮囊的時候也隱約顯得喜孜孜的，看著她這副模樣。

……我轉念一想，既然她都那麼開心了，就當作是禮物也不錯。

【中間報告】

連日以來，我的所屬國家和我們同業之間的戰鬥似乎越來越激烈了。

現在，我的所屬部隊打出相當豐碩的戰果，基於如此亮眼的活躍表現，我獲得了換算成日幣相當於數百萬圓的金幣作為獎賞。我獲得了換算成日幣相當於數百萬圓的金幣作為獎賞。

目前任務沒有任何問題，毫無窒礙。日後另行聯絡。

報告者　獲得相當於數百萬圓的金幣作為獎賞的男人，戰鬥員六號。

再者　希望待遇可獲得改善。

第四章

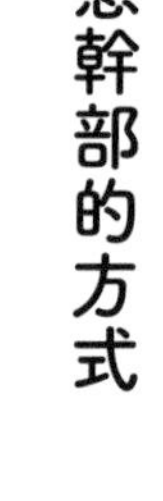

打倒邪惡幹部的方式

1

「勇者一行人似乎已經使用在達斯特之塔得到的祕寶，打開通往魔王城的道路了。這樣一來敵人也不得不認真起來。我們只要把自己關在城裡，徹底防衛，等待勇者打倒魔王就可以了。」

「看是魔王軍先殲滅我們，還是勇者先打倒魔王是吧。」

我和愛麗絲各自保養著武器，同時如此閒聊的時候，突然有人敲了我們的房門。

「喂，六號，你在嗎？」

是雪諾的聲音，聽起來很不高興。

「在是在，只是不想出現在妳面前。」

「說那是什麼鬼話，這樣你不如假裝不在我還比較不會這麼不爽！……怎麼，你們在保養武器啊？」

雪諾看向我剛才還在桌子上研磨的小刀。

「吶……吶，六號，你那把小刀借我看一下好不好？我從很久以前就這麼覺得，那看起來像是相當鋒利的名刀。」

「……好是好，不過妳可別拿走喔。」

我將刀柄朝向雪諾，把小刀遞給了她。

「真是一把好刀啊……！吶，這孩子有名字嗎？沒有的話我可以幫它取名嗎？話說回來產地是哪裡啊……你、你幹嘛，放手！我還沒看夠！應該說，不如我幫你磨刀……啊啊！」

見雪諾露出危險的眼神，把小刀貼在臉頰上磨蹭，我便從她手上搶走小刀，結果她輕輕慘叫了一聲，以責難的眼神看著我。

「妳是來幹嘛的啊，總不是來搶我的小刀的吧？」

「對、對喔，因為那個孩子太漂亮了，害我忍不住……！……將軍在叫你，跟我去會議室一趟。好像是有什麼事情要拜託我們的樣子。」

——我被雪諾帶到會議室來一看，裡面只有將軍和參謀兩個大叔。

將軍指了指椅子，示意要我坐下。

「首先，感謝你賞臉，六號大人。你截至今日為止的功績相當了不起。其中特別值得一提的，就是你數度和四天王交戰，卻依然能夠順利生還。」

「是啊，我就是這麼厲害。」

「少、少自大了！」

參謀大叔如此指責承認得很乾脆的我，真不知道他們到底是為了什麼把我叫來的。

這時，將軍似乎不知道何時該切入正題，一副難以啟齒的樣子，於是把我帶來的雪諾開了口：

「將軍，您是想交代什麼特別的任務給我們嗎？」

在雪諾的推波助瀾之下，將軍用力點了點頭。

「嗯，妳說的沒錯。我有件事情想要拜託你們的部隊……今後，若是四天王之類的強敵出現，屆時我希望你們的部隊可以負責對付他們。」

「樂意之至！」

「喂，妳給我等一下！雪諾，隊長什麼時候輪到妳當了！」

即使我如此制止開心到亢奮不已的雪諾，她還是依然故我。

「你這傢伙，如此光榮的任務可不是經常有的耶！意思就是負責對付敵方幹部的人只有我們最為適任，我們的實力已經獲得認同了！而且理所當然的，這也是能夠收到的戰果最為豐碩的任務。如此一來，升官發財都能隨心所欲了！」

這、這個傢伙對慾望忠實到這種程度，反而讓我佩服起來了。

正當我為了說服雪諾而思索著遣詞用字的時候，參謀大叔隨著誇張的肢體語言開了口：

「誠如雪諾大人所說，六號大人對付過炎之海涅和地之加達爾堪德，還有力之基爾和智之李斯塔。面對些強敵還可以和他們打得不相上下，六號大人可是我國的英雄啊。如果您都表示無法負責對付魔王軍幹部的話，就再也找不到其他人了……」

說著，大叔重重嘆了一口氣。

這種略嫌浮誇的說話方式，觸動了我心中的某種警報。

「……吶，大叔。對將軍如此建言的，該不會就是你吧？」

「喂六號，不准說什麼大叔！這位大人可是發言力僅次於將軍的……」

大叔沒有說話，倒是將軍打斷了如此責怪我的雪諾，回答了我：

「是的，這位參謀大人相當看好六號大人。他說能夠對抗魔王軍幹部的人選，除了勇者大人之外，非六號大人莫屬了……」

「是喔。」

對我讚不絕口是很令我開心，但是大叔諂媚的笑容讓我不太放心。

待在如月公司裡面的時候，我看過不少想著為自己守住甜如蜜的權益的當權者。

不知道為什麼，我在這個大叔身上感覺到和那些人相同的氣息。

在我提高警戒度的時候，參謀大叔表示：

「六號大人。我們想借重您這位英雄的力量。如果人手不足的話，我們會配更有地位的正規騎士給您，而不是現在待在您隊上的混血魔物和邪教徒。不然要將您率領的隊伍由部隊更改為中隊也可以……如何，可以請您接下這個任務嗎？」

說完，他低下沒幾根毛的頭，深深一鞠躬。

——在這件事之後過了幾天。

有一天，在接獲出擊命令的我們面前，情緒莫名高亢的雪諾用盡全力放聲大喊：

「你們聽好了！這次我們接到的是極為光榮的任務！絕對不容許失敗。所有人好好用心打這一仗！」

「喂，為什麼是妳在指揮啊？」

騎士團在遠離城堡的丘陵上大舉列隊。

我們的部隊，則是被配置在騎士團的中心。

現在，魔王軍的攻勢似乎已經逼近到這附近來了。

據說敵人的數量並不算多，但是敵人當中有魔王軍的四天王——炎之海涅在。

既然得對上海涅，當然就表示……

「四天王——炎之海涅的首級！就由我負責取下！」

沒錯，要由我們的部隊負責。

「六號，想辦法處理一下那個異常亢奮的女人好嗎？她平常就已經亢奮到令人煩悶了，今天更是格外令人惱怒。」

對於鬥志特別高昂的雪諾，感覺似乎連理應沒有感情的愛麗絲都厭煩了起來。

「別理她別理她，對這個傢伙說什麼都是浪費口水。妳們幾個，就算碰上敵人也只需要隨便應付一下就可以了。要是因為這種任務而受傷的話也太愚蠢了。」

聽我這麼說，雪諾惡狠狠地瞪了我一眼，額頭上浮現青筋，厲聲反駁我：

「你這個傢伙在說什麼啊！這可是將軍和參謀大人交代的特別任務啊！」

「我討厭那個參謀大叔。總覺得那個傢伙身上有種滿腦子只知道要自保的卑鄙小人的味道。」

揪住我的衣領的雪諾露出一臉茫然的表情。

「你、你這個人……雖然我很不想這麼說，不過你有客觀審視過自己嗎？」

「喂六號，你有沒有聽說過鏡子這種東西？是一種亮晶晶的，可以照出自己的臉的用具。」

「隊長，還有一種東西叫作迴力鏢，你有聽說過嗎？」

……現在不只那個大叔，妳們也是我最討厭的對象了。

雪諾手扠著腰，對被圍攻的我說：

「總而言之！要是你沒那個意願的話我也不會逼你！不過，至少這次你不要像之前對上那個女人的時候一樣妨礙我！」

之前被炎之海涅逃走的時候，對方完全不把她放在眼裡，看來這個傢伙似乎還對那件事耿耿於懷。

「嗯？六號，你那是什麼眼神？哼哼，今天的我和之前不太一樣喔。我已經想好要怎麼對付炎之海涅了。你看這個！」

說完，雪諾拿著一把藍色的劍對我炫耀。

那把劍上飄散出白煙，看來似乎帶有寒氣。

「冰結劍冰山！這是我以三年分期付款買來的，可望對付炎之海涅的新愛劍！格琳，這次妳一定要在戰鬥當中發揮作用！喂，快醒來！」

大概是想趕快試用新的愛劍吧，興奮的雪諾搖晃著靈巧地抱著膝蓋坐在狹窄的輪椅上睡覺的格琳。

「──話說回來，愛麗絲，妳怎麼看？」

「什麼怎麼看，你是在問這個把我們當成棄子的任務嗎？」

我從丘陵上望著出現在遠方的魔王軍。

「妳很懂嘛。沒錯，我就是在問那個大叔硬塞給我們的這個狗屁任務。我可不記得自己做過什麼遭到那個大叔怨恨的事情喔，除了他戰敗的時候被我虧到差點哭出來那次以外。」

「我覺得作為被怨恨的理由，那已經很充分了吧。而且，大概是單純覺得我們很礙眼吧。畢竟這支隊伍原本就是為了回收死不足惜的麻煩人物而設置的單位。然而，姑且不論過程和手段，只看功績的話我們確實特別突出。而且成員全都是受到別人嫌棄的人。這樣他當然很不是滋味。」

竟有此事，目前還如此品行端正的我竟然遭人嫌棄嗎？

……不過這麼說來，那個大叔提到蘿絲和格琳的時候確實很瞧不起她們。

「夠了喔，妳也差不多該醒來了吧！喂，格琳……啊！」

「啊啊！」

雪諾和蘿絲不知道在那邊吵什麼，她們到底在幹嘛啊？

「無論如何，看到敵人的幹部我們就假裝和她戰鬥，然後撤退。應該說，我正好幫散彈槍打蠟打到一半，所以今天連武器都沒有帶來。」

「妳至少帶一下武器吧。要是那把散彈槍壞了我再送妳一把新的就是了。算了，船到橋頭自然直。反正那個巨乳大姊還算明理。」

我先是這麼說。

（雪諾小姐，格琳摔下去的方式不太對耶。應該說，她、她的脖子……）

（怎、怎麼辦……總之先把她扶回輪椅上再說！都、都翻白眼了……）

接著便前往不知道在輪椅旁邊鬼鬼祟祟什麼，顯得相當慌張的兩個人身邊……

「喂雪諾，把格琳叫醒……應該說，妳們兩個抱著格琳在幹嘛啊？」

「什麼都沒有！」

「沒事！」

被我這麼一叫，依然抱著格琳的雪諾和蘿絲抖了一下。

「……？那麼，我們也差不多該動身了，主力隊伍好像也開始行動了。」

——魔王軍威風凜凜地佇立在眼前。

在各式各樣的魔物大軍組成的隊伍當中。

一個衣著暴露，褐色肌膚的巨乳女露出無所畏懼的笑容站在中央。

在她身旁的是曾經見過的獅鷲，還有……

「……吶，不只海涅和獅鷲，好像還有很不得了的東西在耶。那是什麼？」

「……那、那是魔像，是以堅固的岩石構成，以魔法為動力的巨像。」

顯得有些害怕的雪諾如此說明的東西，是擁有隨便估計都超過兩公尺高的巨大軀體，以及重量感十足的石質肌理，重量肯定要以公噸計算的巨像。

簡而言之，就是有一隻像是魔王軍四天王——地之加達爾堪德的低階版的東西在那裡。

「又是魔法喔。所謂的魔法未免也太萬能了吧。真想調查一下這個行星的物理定律是怎麼一回事。六號，如果發現有受了傷無法動彈的敵方魔法師掉在地上，記得撿一隻回來。」

「不，有關魔法的事情我也很好奇是沒錯啦……吶，我們只需要對付海涅就可以了吧？像是獅鷲還有那尊魔像，是其他部隊會負責對吧？」

或許是聽見我和愛麗絲的對話了吧，待在我們身邊的隊長們紛紛表示：

「六號大人！圍在炎之海涅身邊的那群高等半獸人就交給我們了！」

「那麼，我的部隊負責對付那支頑強的食人魔部隊！不要緊的，雖然對手相當棘手，不過請交給我們吧！」

「好，我們的部隊腳程很快，就上前壓制敵人的狙擊兵吧！」

除了我們以外的部隊都迅速開始行動了。

「看來我在這個國家還是得負責這種危險任務嘛！雪諾，把格琳叫醒！既然事情變成這樣了，就叫她對海涅施加超級強大的詛咒好了！」

「叫、叫醒格琳的任務交給其他人吧！我得用這把冰結劍對那個女人一雪前恥才行！」

說著，那個腦袋裝肌肉，完全不聽人說話的傢伙朝海涅衝了出去。

「不、不好意思，隊長！我可以去對付獅鷲嗎？我很好奇獅鷲的肉吃起來是什麼味道，也想大吃那個傢伙的肉試著飛上天！我得遵守爺爺的遺言才行！」

這邊也有個腦袋裝肌肉的傢伙！

繼雪諾之後，我又目送了蘿絲上陣，接著轉頭看向愛麗絲。

「叫醒格琳的工作交給我吧。如此一來，你的對手就是……」

簡直就像是對愛麗絲的發言有所反應似的，在我們開始行動的同時，魔像也發出了有如石頭摩擦聲般的低吼。

2

「——魔王軍四天王，炎之海涅！我是雪諾！特此來報之前的一箭之仇！妳等著成為我的愛劍之一，冰結劍冰山上面的血鏽吧！」

「放馬過來吧，雪諾什麼的！我魔王軍四天王，炎之海涅來領教妳的厲害！」

在我們據為陣地的丘陵中央，戰鬥終於開始了。

正當海涅與雪諾在離我稍遠的地方帥氣地對峙的時候。

「完全沒效！雖然我早就知道了，不過用手槍根本打不動！愛麗絲，動作快！快點叫醒格琳！」

看起來遲鈍又沉重的魔像，在我發動攻擊之後，以出乎意料的速度接近我。

「吶六號，這個傢伙不是睡著了而是昏死了。看這個樣子暫時是不會清醒。」

「為什麼這個傢伙每次都是在戰鬥之前就死掉或是昏過去啊！格琳目前還沒有任何一次正常發揮過作用耶！現在該怎麼辦啊！」

格琳被送進聚集了麻煩人物的部隊，看來或許也不完全是個錯誤。

「沒辦法了。喂六號，爭取一點時間。這種狀況只好申請C4了。」

「動作快！」

我對愛麗絲如此吶喊，並且將如月公司製戰鬥服的肌力輔助功能調到最高。

為了尋求救援而放眼望去的我，看見的是雪諾在遠方一面閃躲海涅發出的火焰，一面慢慢縮短距離。

「嗶嘎——————！」

我看向尖銳的鳴叫聲傳過來的方向，只見蘿絲以雙手的爪子牢牢抓住在空中飛舞的獅鷲，並且張嘴咬住牠的脖子。

她們兩個看起來都很忙，一點也不像是有辦法支援我的狀況。

既然如此，剩下的辦法就只有……

「好，我把傳送申請送過去了。六號，暫時撐一下！」

隨著沉重的腳步聲，魔像站到我眼前。

我的背後，有翻著白眼像一灘爛泥的格琳，還有沒帶武器的愛麗絲。

面對這處境艱困的狀況，反而讓我燃起沉寂已久的熱血。

我可是和眾多英雄展開激戰，卻還是生存下來的最資深戰鬥員，六號大爺啊！

「放馬過來啊混帳——！讓你見識一下如月公司製戰鬥服的力量！」

我宣洩著湧現的衝動，在如此吶喊的同時，用盡渾身的力氣揍了對手！

「……好痛啊啊啊啊！愛麗絲，我肯定骨折了！骨折了！骨折了啦！」

我的拳頭換來魔像胸口的裂痕。

我的幹勁兩秒鐘就消退了。

「要是骨折了，你才沒有那個閒情逸致大喊骨折。所以你並沒有骨折。」

「太奇怪了，這個邏輯肯定有問題，妳也跟打造出妳的莉莉絲大人差不多有問題！」

在如此痛罵愛麗絲同時，我從魔像伸出來的手臂底下鑽了過去，繞到它背後，這次往它的背上踢了一腳。

但是，魔像文風不動，轉過頭來，張開雙手想抓住我。

於是我也伸出雙手抓住魔像的雙手，為了盡量多爭取一點時間，開始和它比拚力氣。

「愛麗絲，我怎麼覺得今天的傳送比平常慢啊！這是怎麼回事——！」

聽我這麼大喊，愛麗絲握起拳頭在掌心敲了一下。

「喔喔，根據我內建的體內時鐘，現在那邊的時間是十五點十四分，正好是下午茶時間。你再加油一下吧。」

「該死的混帳——！」

如此哭喊的我，一邊膝蓋已經跪地了。

就連戰鬥服的力量也贏不了，這尊魔像是怎樣啊！

這裡不是文明比地球落後的未開發世界嗎？

我大放異彩的故事才剛要開始耶。

應該說，我現在最想說的是，明明是邪惡組織幹嘛乖乖定什麼休息時間啊！

心想再這樣下去肯定會被壓扁的我，在使出渾身力量抵抗的同時，以沙啞的聲音吶喊：

「限制解除——！」

聽見我近乎慘叫的吶喊聲，愛麗絲立刻斥責我。

「你是白痴啊，快點取消！敵人可不是只有魔像，小心在毫無防備的冷卻時間當中被那個女幹部燒死！」

在愛麗絲這麼說的同時，熟悉的語音在我的腦中響起。

《即將解除戰鬥服的安全裝置。確定嗎？》

我沒有理會愛麗絲的忠告，回應了腦內語音。

「確定確定確定！快點快點！」

《一旦解除安全裝置，在進行一分鐘的限制解除行動之後，將有大約三分鐘的冷卻時間……》

「那種事情我早就知道了！我全部接受，動作快！」

《即將解除安全裝置。如需取消請在倒數階段當中高喊取消。十……九……八……》

「啊啊啊啊啊啊，數快一點～～～！我、我快被壓扁了——！」

就在如此哭喊的我真的差點被壓扁的那個瞬間。

某個物體從空中掉了下來，撞上魔像，於是我趁機稍微重新站穩了腳步。

接著就連獅鷲也在稍有距離的地方落地，身上還散發著焦臭味。

恐怕是在空中咬著獅鷲的蘿絲對牠吐火了吧。

在獅鷲痛到打滾的時候，明明從相當高的地方摔了下來的蘿絲卻一副什麼事都沒有的樣子，站了起來。

「隊、隊長，不行，那個不好吃。我大概吃不到足以獲得飛行能力的量！話說回來也許是不適合生吃就是了！」

妳已經試過味道了是吧。

——就在這個時候。

《安全裝置已經解除。》

我等到快受不了的語音，在我的腦中大響。

「啊啊啊啊啊啊啊啊！」

我解放了戰鬥服原本的力量，把壓在我身上的魔像推了回去。

「咦……隊、隊長你……！」

看著以重量驚人著稱的魔像慢慢被舉了起來的光景，讓蘿絲只能屏息呆立。

「來了六號，是Ｃ４！我現在就貼到魔像身上去，你等著！」

愛麗絲拿著名為Ｃ４的塑膠炸彈，貼到被我舉了起來，雙腳不停踢動的魔像身上。

「那、那是什麼？黏土嗎？」

在蘿絲出聲這麼問的同時，我確認愛麗絲設置好炸彈之後……

「喝啊————————！」

便提振氣勢，全力將魔像拋了出去。

「那是來自我們的故鄉的炸彈。即使那麼小一顆也有很驚人的威力。」

「炸、炸彈！有會吐火的人在，居然還用炸彈！」

趁著被我拋出去的魔像四腳朝天的時候，我連忙拉開距離。

看著這一切的愛麗絲，早已將引爆裝置握在手中了。

「別擔心，這種炸彈著火了也只會燒起來，不會爆炸。」

「那麼，要怎麼樣讓它爆炸呢？」

為了回答蘿絲的問題，愛麗絲扭了引爆裝置旋鈕。

「像這樣。」

倒在地上的魔像，便隨著爆炸聲被炸成粉碎——

「——好痛好痛，魔像的碎片打在我的臉上！喂愛麗絲，不准用我的身體當肉盾！」

過了一分鐘，進入冷卻時間而無法動彈的我，被愛麗絲當成躲避飛散的碎片的肉盾。

「好、好厲害……」

正當我想著之後該怎麼處置這個薄情的廢物時，蘿絲也不管碎片打在她的臉上，只是呆呆望著被炸掉的魔像原本躺的地方。

「嗚嗚……叫醒我的時候可以再溫柔一點嗎……我總覺得你們對待我的方式一天比一天還要隨便了……」

在如雨點般落下的魔像碎片拍打之下，格琳好像終於醒了。

「格琳也醒了是吧。喂妳們幾個，我因為某些因素，暫時無法動彈。不好意思，幫我擋住敵人三分鐘。不過，小嘍囉有其他部隊負責，海涅有雪諾抵禦，獅鷲剛才也被蘿絲……」

「你提到的海涅好像要過來這邊了。還有獅鷲也是，牠已經爬起來帶著顯露出敵意的神情瞪著我們。」

「……隊、隊長，這場戰鬥結束之後我想吃好料的。」

「我一直在睡覺所以不太清楚這是什麼狀況，不過我也想喝美酒。」

「可惡，妳們這些趁人之危的傢伙！妳們想怎麼大吃大喝我都請客，快救我！不過格琳，晚一點我要先教訓妳！」

……………

3

「嗨，六號！又見面了呢！」

火紅的眼睛發出燦爛光輝的海涅，出現在有蘿絲掩護的我面前。

處於戰鬥服的冷卻時間當中的我無法動彈，不過海涅好像還沒有發現這件事。

「久違了，炎之海涅。總覺得妳今天好像特別亢奮呢。看來妳很有精神，真是太好了。」

這種時候應該慢慢聊個天，盡可能爭取時間。

「是啊，我是很亢奮！畢竟這裡是戰場嘛！來吧，好好打一場吧六號！上次有人阻礙，不過今天我們可以享受到最後了！」

才聊不到兩句就宣告戰鬥開始的海涅，手上冒出火焰……！

「等、等一下，海涅！咱們多聊兩句吧！應該說，有一件事我之前就很想問妳了！」

聽我這麼說，海涅的動作停了下來。

我必須盡可能多爭取一點時間才行！

「有事情想問我？什麼事？你說說看。」

「妳都吃什麼才會長出那種胸部啊？」

海涅不發一語地對我丟出火焰，蘿絲連忙將火焰一巴掌拍了下來。

「隊長，我之前就這麼覺得了，你有時候真的很笨耶。你到底在想什麼啊？還是什麼都沒在想啊？」

這個傢伙說話也挺毒的嘛。

「哎呀，居然可以空手拍掉我的火焰，妳不簡單喔。剛才那個女騎士老實說挺令我失望的，不過妳好像有本事稍微陪我玩一下。」

火焰明明被擋下來了，不知為何海涅卻一臉很開心的樣子，對於擋下火焰的蘿絲表示佩服。

好，趁這個機會再對她說些什麼拖延時間……正當我這麼想的時候。

雪諾朝我們這邊衝了過來，同時如此哭喊：

「嗚啊啊啊啊啊啊啊啊啊！六號！六號——！我的冰結劍！我剛買的冰結劍被這個女人融掉了！你有一種奇怪的射擊武器對吧，快用那個幫我的冰山報仇——！」

喂白痴快住手。

「那種奇怪的武器嗎！好啊，儘管放馬過來六號！聽說達斯特之塔的祕寶也是被你拿走的是吧。哈哈，我果然沒看走眼，以人類而言你倒是挺厲害的嘛！來吧，咱們就好好來廝殺一場吧！」

難得有女人對我示好，但我一點也不開心！

這時，海涅再次發出火焰，又被蘿絲擊落。

「喂六號，快幫冰山報仇！那把劍的欠款還沒付清，卻在第一次上陣就被融掉了！我那把自從下訂後還等了很久，好不容易才拿到的冰結劍，讓我開心到每天晚上都抱著睡覺的冰結劍啊……！」

拜託妳不要再說那些多餘的事情了……正當我以快要哭出來的眼神對雪諾如此示意的時

候。

「……喂，六號，為什麼那個女孩一直護著你？…………雖然不太清楚是怎麼回事，不過，你該不會無法動彈吧？」

我的狀況一下子就被海涅看穿了。

「——獅鷲，你把六號從那個女孩身邊拖走！我再趁機燒了他！」

「混帳雪諾，妳這個不中用的傢伙！耍什麼白痴啊，妳給我記住——！」

「你、你說什麼！應該說你為什麼不能動啊！可惡，不但愛劍被融掉，又因為高熱而無法接近她的我根本無能為力……」

說真的，這個傢伙在這種狀況下到底是來幹嘛的啊！

正當雪諾因為搞不清楚我的狀況而困惑不已的時候，獅鷲已經朝我們這邊衝過來了。

於是蘿絲站到牠前面吸了一大口氣……

「沉沒於吾之業火之海當中吧……！永遠長眠吧，深紅吐息！」

然後特地喊出這段台詞，同時對著衝向我們的獅鷲吐出火焰。

「可惡，動不動就被那個女孩克制住！夠了，看我用妳無法完全防禦的特大火焰來招呼妳！」

或許是因為獅鷲被火焰嚇住而氣到受不了了吧，海涅高舉雙手，只見火焰逐漸聚集，而且燒得越來越旺盛。

「吶，蘿絲，妳出招之前一定得說那段台詞嗎！那真的是必要的嗎！」

「其實我也不想說啊！但是爺爺的遺言就是這麼交代的，我也無可奈何啊！」

在我和蘿絲這麼鬥嘴的時候，海涅的火焰從紅色變成了更加高溫的藍色……！

喂，還不到三分鐘嗎，我怎麼覺得早就已經過了！

「蘿絲，妳是能幹的孩子對吧！那種程度的火焰妳頂得住對吧！」

「隊、隊長，我因為一直吃爆炎蜥蜴而得到了抗性，火焰確實傷不了我，但還是有個問題！」

見蘿絲露出一臉急切的表情，不安的我忍不住問了：

「怎、怎麼了？」

「在這麼多人面前，要是衣服被燒掉了我該怎麼辦啊！而且，我的衣服就只有身上這一套耶……」

「不過就是衣服我買給妳總可以吧——！」

蘿絲似乎想抱著我逃跑，試著把我扛起來，但是……

「可是，身為少女，要正面接下那招必須做很多心理建設……！……是說隊長，你、你為什麼這麼重啊！唔咿咿，我的力氣足以匹敵一角獸鬼，可、可是卻完全搬不動你耶！」

「是因為這身戰鬥服太重才會動不了啦！用來冷卻的動力再等一下就會恢復了，拜託妳設法保護我到那個時候！」

也不管我們這麼著急，海涅的火焰已經超越了藍色，開始發出白色的光芒。

「好了六號，你覺悟吧！就當作是我可憐你，我會一招讓你死得痛快！」

「啊！那個傢伙說的是在壞蛋台詞守則當中被列為不應該說的決勝台詞！蘿絲，看來我們有辦法化解這個危機了！沒錯，我這麼勇氣可嘉又惹人憐愛，一定會有帥氣的英雄察覺到我的危機然後瀟灑地……」

在我開始逃避現實的時候，依然想要設法挪動我的蘿絲表示：

「隊長，面對現實吧！再這樣下去，我就要被迫在大庭廣眾之下上演全裸秀，到時候可能會嫁不出去，所以我可以逃跑了嗎！」

「算我求妳，到時候我會很樂意地負起責任，所以不要丟下我——！」

就在這個時候。

「偉大的澤納利斯大人，請對這個女人降下災禍！就讓妳無法動彈吧！」

眼看就要發出火焰的海涅，突然像是整個人變成石頭了一樣動也不動。

「！豈、豈有此理！怎麼可能，這是詛咒嗎！」

在一臉驚訝的海涅以困惑的聲音驚呼的時候，同樣動彈不得的我對伸出援手的人表示感謝。

「對吧對吧，這樣一來隊長也應該知道澤納利斯大人的力量……等一下喔，不然你之前都是怎麼看待我的啊！」

「格琳，謝謝妳救了我！總覺得這好像是我第一次看見妳真正派上用場的模樣！」

這時，期待已久的語音終於在我的腦中響起。

《冷卻結束。歡迎使用戰鬥服的功能。》

「已經沒問題了，蘿絲。妳可以離開我身邊了。」

我輕聲這麼說，蘿絲便和獅鷲互瞪了起來，一副那個傢伙才是她的宿敵的樣子。

似乎已經脫離無法動彈狀態的海涅看見這一幕，一副不知道如何是好的樣子，聳了聳肩，以無所謂的口吻開始抱怨：

「真傷腦筋……說起來，今天的主要任務其實是測試魔像的能力啊……只要作戰行動和你扯上關係，總是這麼不順利呢……吶，六號，我說真的，你要不要來魔王軍啊？你想要什麼？我想，你的願望我們多半都能夠……」

「所有人趕緊摀住六號的耳朵！或者是盡快處理掉那個危險的女人！」

愛麗絲大聲下達指令，打斷了海涅的發言。

「隊長，和我聊天吧！絕對不可以聽敵人在說什麼！」

「隊、隊長，別理那種女人了，晚上再和我一起去約會吧！」

我的兩個部下一邊這麼說，一邊慢慢逼近，試圖摀住我的耳朵。

這時，征戰無數沙場培養出來的本能告訴我危險即將降臨。

「呼哇——！」

我幾乎是反射性地往前方一滾，勉強躲過了必殺的一擊。

連忙轉過頭去的我，看見的是拔出匕首的雪諾。

「啥！你、你這個傢伙不是無法動彈嗎！現在的動作是怎樣！」

「我才想問妳是怎樣，腦袋壞掉了嗎！至少等我確實背叛了之後再砍好嗎！妳們是怎樣啊，難不成以為我會隨隨便便被魔王軍拐跑嗎！」

我真是太失望了！

她們到底以為我是怎樣的人啊……

「首先，薪水我們可以給到你現在的三倍。然後……喂六號，你有沒有聽過一種名叫夢魔的魔物？」

「是的，我有聽說過。」

「喂六號，不准跪坐下來聽她說話！不准對敵人使用敬語！不准再聽下去了，你快拔槍啊！」

愛麗絲連珠炮似的說個沒完，語氣透露出難得的焦急。

「真是的，妳們到底是多不相信我啊。很、很遺憾的，炎之海涅，我並不是會因為錢財和女人就輕易上鉤的男人……」

我一邊站起來，一邊朝腰際的手槍伸出手，結果海涅對我伸出右手，帶著微笑說：

「來吧六號，握住我的手吧。想要怎樣的女人照顧你，我都可以派給你，要幾個有幾個喔。前凸後翹的夢魔，尚未成熟但愛撒嬌的莉莉姆。擁有魔性之美的吸血鬼，還有會在耳邊以甜美的嗓音細語綿綿的賽蓮……」

「喂格琳，用詛咒讓那個女人閉嘴！要是讓她繼續使用魅惑魔法(charm)下去的話六號可把持不住！」

「那是魅惑魔法嗎！我完全感覺不到任何魔力啊……？」

『……愛麗絲，對不起……我可能已經不行了……』

『喂六號，給我清醒一點！還有不准用日語說這種話啊混帳，聽起來真心度超高的！』

正當愛麗絲急切地如此吶喊的時候，一道白影插進我和海涅之間。

「得手了——！」

原本還在觀察狀況的雪諾拿著匕首，朝海涅對我伸出的手從下方往上一砍。

或許是因為對我伸出手的關係，海涅現在解除了從身上冒出來的火焰。

雪諾大概是認為這個時機正好吧。

銀光隨著凌厲的氣勢一閃，海涅把手縮了回去，但護手上掉了一個東西下來，閃著紅光飛上空中。

「啊啊！我、我的魔導石！」

海涅已經完全不把眼前的我和雪諾放在眼裡，視線跟著飛上天的寶石一直跑。

最後，她的視線停在接住寶石的愛麗絲身上。

「……喔喔，這是什麼？從妳的反應看來似乎是很重要的東西呢。」

「不、不是！那並不是什麼太重要的東西……」

海涅嘴上這麼說，視線卻牢牢釘在愛麗絲手上。

我站到愛麗絲身邊，仔細端詳著那顆寶石。

「她說不是重要的東西耶。既然如此就當成戰利品吧，收好收好。」

「說的也是。反正我們是敵人，沒必要對她這麼好把東西還給她。既然不是重要的東西就更不用還了。」

「啊！其實！那、那個……其實，那是……很重要的……」

聽我和愛麗絲那麼對話，海涅吞吞吐吐地這麼說。

「那是魔導石呢。魔法師在使用魔法的時候要透過觸媒。一般來說，用來當觸媒的東西都是法杖、戒指、手環之類的東西，看來她是用那顆寶石當觸媒吧。我感覺得到那顆寶石上面有相當驚人的魔力。那恐怕是花了很長的時間不斷灌注魔力，好不容易才製造出來的觸媒吧。」

格琳也靠了過來，從下方看著愛麗絲手上的寶石，在佩服寶石的完成度的同時這麼告訴我們。

「……沒有這個的話，海涅會怎樣？」

「會沒辦法使用魔法。想用其他東西代替也不是不行，但是今後再也無法施展出足以號稱魔王軍四天王的力量了吧。」

我和愛麗絲互看了一眼，然後轉頭看向海涅。

「……噫！那、那是什麼表情啊，唔，喂，六號？你會帶著那顆寶石投靠魔王軍這邊對吧？對吧？是、是這樣沒錯吧？」

海涅一臉快哭出來的樣子，激動地說個不停。

「「「哇啊……」」」

同伴們看見我們的表情也異口同聲地表示退避三舍。

4

四周的戰鬥聲都已經平息。

因為，一場以魔王軍幹部為中心的突發活動突然開始，無論是魔物還是士兵，都目不轉睛地盯著看。

至於活動的內容……

「不對——！視線再朝上一點身體再前傾一點強調妳的事業線！喔，這個眼中噙淚的表情很高分耶！」

《惡行點數增加。》

《惡行點數增加。》

我一邊聽著從剛才開始就在腦中響個沒完的語音，一邊舉著數位相機。

「……我好想死……」

儘管惡狠狠地瞪著我，海涅還是聽從我的指示，在眾目睽睽之下不斷擺出煽情的姿勢。

「好，接下來把手放到後面去撐著，雙腳打開，屁股坐下去。喂，把手拿開！手放到後面去！喔，這個叛逆的眼神相當不錯喔！應該有少數的狂熱愛好者會興奮到不行，可以賣個好價錢吧！」

「嗚……嗚嗚……嗚嗚嗚嗚～～…………！」

遠遠看著終於真的哭出來的海涅，蘿絲喃喃說了一聲：

「太、太可憐了……」

每次按下數位相機的快門，語音就在我腦中響起。

每次聽見那個語音，在終端機上看著點數的愛麗絲便不住點頭，一副很開心的樣子。

「很好六號，再來！繼續逼迫海涅吧！呼哈哈哈哈哈，看著強敵逐漸淪陷的模樣真是讓人欲罷不能啊！呼咕……！快、快看，六號，原本強到不行的海涅現在哭成那樣……！」

雪諾在我身邊緊緊抱著自己的身體這麼說，同時整個人不住顫抖。

「融毀我愛劍的仇人啊，妳就這樣飽受折磨吧！呼哈哈哈哈哈！呼哈哈哈哈哈哈哈哈！」

論為人她滿心都是升官發財的慾望，論性癖她會因為看到別人逐漸淪陷而感到喜悅，這個傢伙到底是多罪孽深重啊。

算了，姑且不管這個危險的女人，現在先顧好眼前的海涅要緊。

「好。接下來妳繼續眼角噙淚，維持這個姿勢，雙手比出勝利手勢笑一下！……很好很好。差不多該進入下一個階段了……我想想，衣服太礙事了。」

「噫——！」

看著因為擔心更進一步的命令而感到害怕的海涅，蘿絲戰戰兢兢地走向我。

「隊、隊長，如果真的再更進一步的話，即使她是敵人的幹部也太可憐了……差不多該把寶石還給她了吧？讓海涅小姐恢復到能夠再次使用魔法的狀態，然後我們光明正大地再跟她打一場不就好了。」

聽蘿絲這麼說。

「愛麗絲愛麗絲，我有說她聽話就會把寶石還給她嗎？」

「沒有啊，我可沒聽說喔。我記得你是這麼說的：『好～那麼首先呢，妳雙手擠胸，用哀求的眼神看著我吧！』對吧。什麼聽話就還給妳之類的約定，你一個字都沒提到。是那個傢伙擅自誤會才聽從你的指示而已。」

「太、太過分了……！」

聽見我們如此對話，海涅整個人彈了起來。

「你都逼我做到這種地步了不可以這樣吧！我、我殺了你！我一定要殺了你！」

「哦？妳現在不能用魔法了，在這種狀態下還有辦法殺我的話就儘管試試看啊。試試看啊，快點快點！」

「唔、唔唔唔唔……嘰嘰嘰嘰嘰嘰！」

大概是出於過度的悔恨以及憤怒吧，海涅眼中滿是淚水，緊緊咬著牙瞪著我。

「真拿妳沒辦法。妳就那麼想要我把東西還給妳嗎？」

「你、你、你願意還給我嗎！拜、拜託你，那個東西很重要……你你你你、你在幹嘛！你這是想做什麼！」

我把手放到戰鬥服的拉鍊部分摸索了起來。

這套戰鬥服穿脫起來很麻煩，所以為了急需解決生理需求的時候，這種部分的構造設計得非常方便。

我打開收納我最重要的寶貝的地方，把海涅的寶貝也一起收了進來。

身為一位紳士，我為了盡量讓海涅方便拿取，雙手抱胸，只靠頭和腳擺出後腰橋的姿勢撐起身體。

「來～～吧，妳敢拿就拿呀。」

「……六號，你給我記住————————！」

海涅跳上獅鷲，哭著回去了。

5

位於城鎮裡的一間小酒吧傳出玻璃碰撞的聲響。

「「「乾杯！」」」

結束了戰鬥的我，帶著部隊的成員們舉行慶功宴。

「話說回來，這次的戰果相當豐碩呢六號！不但破壞了那尊巨大的魔像，而且雖然手段不太可取，卻也還是削弱了魔王軍四天王的力量並且把她趕跑了。你看見失去指揮官的魔王軍敗退的時候有多狼狽了吧？今天簡直是我們這支部隊獨贏的局面啊！」

雪諾一邊哼歌一邊這麼說，心情愉悅地喝著酒。

「我覺得最近對付魔王軍的時候打得很得心應手呢！在隊長出現之前，我每次戰鬥的時候都會死掉嘛！偉大的澤納利斯大人，感謝您保佑我今天不用在復活祭壇上醒過來！」

在狹小的酒吧裡坐著輪椅占用了很大的空間的格琳這麼說完，開始以祈禱表示感謝。

「好好吃……好好吃喔……！在隊長出現之後都可以吃好吃的東西吃到飽，我好幸福啊！」

坐在她身邊的蘿絲一副吃飯比喝酒更重要的樣子，一邊眼泛淚光，一邊狼吞虎嚥。

「對吧對吧，妳們多稱讚我一點沒關係！不過話又說回來了……這個國家的居民們也差不多該聽說我們的事蹟了吧？喂喂，要是隨便走在路上都有人跑來找我要簽名的話該怎麼辦啊！吶，該怎麼辦啊！」

我心情愉悅地舉杯仰頭，將酒一飲而盡，然後對拿著酒杯一小口一小口啜飲的雪諾這麼說。

「是啊，有我這個創下最年少受封為騎士的紀錄的優秀人士在，會變成這樣也是理所當然的吧。我要繼續像這樣不斷立功，重回騎士團長之位！」

妳這個傢伙平常明明就沒派上什麼用場……原本想這麼說的我，忽然發現一件令我更好奇的事情。

「妳說妳創下最年少騎士的紀錄，那是幾年前的事情啊？應該說，妳現在幾歲啊？」

「嗯？你問我的年紀？十七歲。受封為騎士是十二歲的時候了吧。」

一臉不以為意地回答了我的問題的雪諾，緩緩打斜酒杯……

「開什麼玩笑啊妳這個老臉女！原來妳的年紀沒有比我大喔！瞧妳的體型還有跩得像什麼一樣的態度和言行，我還以為妳肯定比我大耶！」

「噗哈！」

我的發言讓雪諾把酒噴了出來。

「呀──！我、我的眼睛──！」

她噴出來的酒飛進格琳眼中，害格琳摔下輪椅在地上打滾。

或許是有點嗆到吧，雪諾眼中泛淚，一邊擦嘴一邊說：

「你這個傢伙，儘管是騎士但我好歹還是個女人！你說一個女人老臉是什麼意思！」

「年紀比我小的傢伙還敢頂嘴！妳的年紀和立場都在我之下居然還敢用平輩的語氣跟我說話喔！」

我仰身靠在椅子上，對著雪諾扔出零錢。

「喂，妳給我去買麵包過來。」

「鬼才去幫你買，那種東西叫服務生拿過來！……真是的，既然你的年紀比我大，就應該表現得更像樣一點才對吧。差不多該拿出身為隊長的自覺……」

雪諾如此表達不滿，卻讓蘿絲停下手邊的動作，眼睛閃閃發亮地說：

「雪諾小姐終於承認隊長是隊長了！」

「不、不是！我只是在對他說明身為隊長該有的心態和責任……！」

「誰拿條毛巾給我吧——！」

我們如此擾人的吵鬧聲，也不及酒吧裡的喧嘩。

今天戰勝的消息也都傳進國民的耳中，在場無人不歡欣鼓舞。

在這樣的夜晚的熱鬧氣氛當中，我們享受著這一時的宴會之樂。

「——呼～～……對了，愛麗絲今天怎麼沒有來啊？」

格林喝光手上不知道是第幾杯的酒，帶著微微泛紅的臉色這麼問我。

我總不能說仿生機器人吃不了東西，來酒吧也沒用，只好表示：

「愛麗絲啊。再怎麼說，這種時間上酒吧對孩子的教育總是不太好吧。所以我叫她先回我的房間去了。」

聽我這麼說，雪諾露出有點欽佩的表情，一邊小口喝著酒一邊開了口：

「我覺得你都帶她上戰場了，事到如今也用不著提什麼教育不教育了吧……不過，那個孩子嘴巴很壞，深藏的才能卻相當驚人呢。該怎麼說呢，她的智能之高真不是蓋的。之前我還聽說，她在一天之內就把保管在城內書庫的所有書籍全都看完了，簡直開玩笑。」

「我還在商店街看見愛麗絲小姐和商人交涉很多事情呢。」

「咕嚕、咕嚕……噗哈——！我還看過愛麗絲不知道拿了什麼東西去治療術士的值勤室耶！」

那個傢伙好像在我不知道的地方做了很多事情呢。

「商人和治療術士？喂六號，我聽說最近武器和防具的品質變好了，商人們的手頭好想也變得相當闊綽，還有各式各樣的新藥上市……難不成這些都和愛麗絲有關嗎？」

「我不知道。」

我嘴上說不知道，但心裡覺得肯定有關係。

這時，雪諾以懷疑的眼神看著我，同時拿著酒杯啜飲了一小口。

「……哼。算了，你們兩個的底細已經無所謂了。因為你和愛麗絲現在已經是我們的部隊當中不可或缺的人物了。不過，你可別誤會。我還沒有承認你喔！」

「喂蘿絲妳看好，這就是所謂的傲嬌。這個傢伙嘴上雖然這麼說，但其實已經愛我愛到卡慘死了。」

「喔——！原來雪諾小姐對隊長那麼衝是出自喜歡的反面表現啊！我學到一課了！」

「你少胡說，小心我砍了你！打從第一次見到你這個傢伙的時候……」

「那邊那位帥哥，再來一杯～～！」

快樂的時光總是一下子就過去了。

這一天是我來到這個世界之後，時間過得最快的一晚。

6

——我撐著已經爛醉如泥的六號，硬是將他拖出酒吧。

同樣離開酒吧的同事們，對著滿臉通紅的六號笑了笑。

「隊長，今天謝謝你請客！我好久沒有吃這麼多了！」

「我也是，多謝招待！好了蘿絲，妳要多陪我一下喔！我總覺得今晚可以創下最高速紀錄！」

聽格琳說出這種令人不安的話，幫她推輪椅的蘿絲表示：

「不要啦！我都已經吃飽了，現在很想睡！要去妳自己一個人去吧——而且爺爺的遺言也有交代，叫我不准熬夜——」

「妳不跟我來的話，誰來見證我的紀錄啊！乖乖跟我走吧！咱們讓那些因為戰勝興致高昂的情侶們見識一下地獄吧！」

「啊——……」

格琳抓著蘿絲的手硬是要她作陪，而我目送了這樣的她們之後，和六號一起回城裡。

「呼啊啊啊啊啊，喝得好爽啊——！喂，那間店的女服務生很可愛呢！我輕輕摸一下她的屁股就做出那種反應，真是太新鮮太棒了！」

心情大好的六號……應該說這個蠢男人說出如此不堪入耳的話來。

「……你這個傢伙有點自己已經是這個國家的騎士的自覺好嗎？你的蠢病大概只有死了才醫得好，但我可不想因為同是騎士而被當成你的同類。」

「妳白痴喔，我可是遵照身為戰鬥員的禮儀才那麼做的好嗎！妳連寫在守則上面的事情都不知道嗎？『嘿、嘿、嘿，小姐妳的屁股粉翹揑，過來幫我倒酒吧！』遇見可愛的女服務生的時候就該這樣稱讚她啊！」

或許是因為喝醉了吧，這個蠢蛋的發言比平常還要莫名其妙。

「真是的……過來，不是那邊啦，過來這邊！唔，喂，你夠了喔！不准在這種地方就地解決！」

我硬是把走不穩的六號拖回城裡的宿舍，好不容易才把他帶到他的房間前面。

「喔喔六號，你回來了啊。又喝得這麼醉。這個呆子喝了多少啊？」

大概是在等六號回來吧，我才剛敲門，愛麗絲就立刻開門迎接他。

「他今天超誇張的，一下子叫店員把酒整桶搬出來，一下子大喊我今天是來花大錢的，說要請全酒吧的人喝酒……」

「因為這個傢伙不知道怎麼存錢，是個有錢就會全部用光的男人，所以這也是無可奈何的事情。辛苦妳了。」

被這麼小的小孩說成這樣也太慘了吧。

表現成這樣，這個蠢蛋還敢說自己的年紀比我大呢……

「掰啦雪諾美眉！順利完成幫長官帶路的任務，辛苦妳了！來吧，給我一個晚安吻！」

「美什麼眉啊你這個醉鬼！少說蠢話了，快點睡覺！」

我把滿嘴蠢話的醉鬼踢進房間裡，快步前往自己的房間。

真是的……真虧那個傢伙有辦法憑那副德性活到現在。

回想起來，從我們一開始相遇的時候，他就是個無禮的傢伙。

不過到了現在，至少他的實力我還可以承認……

話說回來，那個醉鬼竟敢叫我什麼雪諾美眉。

「六號那個傢伙，到底想把我看得多扁啊……總有一天，我要親手砍了他！」

不過，在同一支部隊裡面並肩作戰至今，我現在知道自己已經辦不到那種事情了。

最根本的問題是，雖然不太想承認，但那個男人比我還要……

「喔喔，妳想砍了六號大人啊。這話我可不能當作沒聽到呢。」

我因為突然出現的說話聲而嚇了一跳，轉過頭去。

「參謀大人……」

我看見的，是戴著帽子遮掩頭髮稀疏的頭頂，一邊眼睛有傷疤的男人。

「不、不是的參謀大人，剛才那不是……我的意思並不是真的想對六號怎樣……」

不過，我平常就在大庭廣眾之下大大方方地對著那個男人說要砍死他、殺了他之類的，事到如今也不需要急著解釋就是了……

這時，參謀伸出一隻手，打斷了我的發言。

「沒關係、沒關係，妳的心情我可以體會。突然冒出那麼一個來路不明的無禮男人，做了那種蠢事，不知為何是妳被迫負責而遭到降職，反觀那個男人卻突然被提拔為隊長，使用卑鄙的手段接連立下大功。面對這種狀況，妳怎麼可能不恨他呢。」

參謀擅自導出結論，不斷點頭。

不，並沒有到恨他的程度就是了……

不過，針對無禮男人的部分我非常能夠感同身受。

「沒錯！說到那個男人，根本既愚蠢又無禮又低俗，總是惹我生氣……我看那個傢伙根本是把捉弄人當成人生意義了吧！」

或許是因為酒量原本就不好吧，我憑著醉意將平日的怒氣發洩了出來。

「我懂妳的心情！他面對我的時候也是，動不動就叫我大叔還是什麼的……哎呀，雪諾大人和我挺合得來的嘛！」

說著，參謀站到我身邊來，若無其事地把手放到我的肩膀上。

說什麼合不合得來，裝什麼傻啊。

我還是下級騎士的時候，他動不動就因為我的出身而鄙視我，這些事我到現在都還記得一清二楚。

正當我一邊這麼想，一邊覺得他把手放在我的肩膀上有點不舒服的時候。

「嗯，雪諾大人的功績也差不多足以回到原本的地位了吧。如何？妳也差不多想回近衛騎士團了吧？」

「回、回得去的話我當然想回去！」

身為貧民窟的孤兒，我費盡千辛萬苦才爬到之前的地位。

因為身分的差別，我受盡無數忌妒與騷擾。

現在，我有機會重回隊長之位了！

……但是，我現在加入的部隊要怎麼辦呢？

不，仔細想想，那些功績也不是我自己打出來的，而是整支部隊的功勞。

既然如此，就把隊員們編進我的騎士團裡面就可以了。

我的部隊由我作主，當然會平等對待格琳和蘿絲。

而且愛麗絲的思路清晰，所以就請她負責擬定作戰計畫吧。

……然後，關於那個蠢蛋。

那個男人的嘴巴和腦袋和個性都很壞，但是單論戰鬥能力的話甚至在我之上。

而且排擠他也不太對，我就大發慈悲讓那個傢伙加入吧！

——我不知道這個時候的自己到底是怎樣的表情。

不過，參謀看了我的表情，滿意地點了點頭。

他放在我肩膀上的手從剛才就一直讓我不太舒服，但要是現在指出這件事而讓他不高興的話我也很傷腦筋。

覺得不舒服這件事，我再找時間告訴那個男人……

「嗯、嗯，看來雪諾大人也很開心呢。我想也是，那種混了魔物之血又讓人無法理解的女孩，還有崇拜邪神的人，沒有人會想和她們待在一起。我懂，我都懂。」

這番發言讓我的太陽穴跳了一下，但我還是設法保持心情平靜。

就是這樣，那個男人才會罵我沒耐性吧。

「話說回來……雪諾大人，關於六號大人，妳之前曾經在謁見廳對陛下這麼說過對吧？那個男人是外國派來的間諜。」

聽他這麼說，我才想起自己剛認識那個男人的時候是說過這種話。

「不，那是我的誤會。應該說，我不覺得那個男人有聰明伶俐到能夠擔任間諜。反倒是如果敵國待起來很舒適的話，他很有可能會忘記任務，直接在敵國住下來。」

嗯，我不覺得那個呆瓜有辦法從事間諜活動那麼高難度的事情。

應該說，再怎麼樣他都會被懷疑吧。

……然而，參謀緩緩搖了搖頭。

「這種事情很難說，那個男人看似笨拙，卻也打出了許多戰果。既然如此，他很有可能隱藏了本性……雪諾大人是個明事理的人，而且更處處為這個國家著想。因此，我有一件事情想拜託妳。能不能請妳暗中調查一下六號大人呢？我希望妳能夠找出他是間諜的證據。而且，不論真偽——」

——拖著沉重的腳步走在宿舍的走廊上，我回想起參謀剛才說過的話，嘆了一口氣。

我可以回近衛騎士團，但條件是要找出六號是間諜的證據。

不論真偽的意思，就是叫我提供能夠陷害那個笨蛋的把柄了吧。

……國家都已經瀕臨滅亡了，那個參謀比較重視的還是爭權奪利。

『……我討厭那個參謀大叔。總覺得那個傢伙身上有種滿腦子只知道要自保的卑鄙小人的味道。』

事到如今，我才想起六號說過的這番話。

聽見這番話的時候我很想說他沒資格說，但是到了現在不知為何，我覺得那個笨蛋好像還比較像樣一點。

我再次重重嘆了一口氣，肩膀一垮，朝六號的房間邁開步伐。

手上拿的皮囊裡面裝的是這次的特別報酬，是參謀交代我送去給六號的。

「什麼叫作這樣就有藉口去見六號大人了……！可惡，以那個呆瓜的個性，在這種時間再次造訪他的房間，不知道又要被他說什麼了……」

……沒辦法了，還是放棄回騎士團這件事吧。

只要和那些人一起繼續立功，總有一天可以重回原本的職位。

站在六號的房間前面，我沉下心，保持平靜。

以那個男人的個性，一開始肯定會先從諷刺起頭，接著開黃腔，然後開始捉弄我吧。

就在我透過深呼吸保持平心靜氣準備迎戰的時候，房間裡面傳出談話聲。

「話說回來，我表現得這麼活躍到底行不行啊？要是不久之後國王陛下說『希望你和小女緹莉絲結婚治理這個國家』的話我該如何是好啊？這個國家是一夫多妻制嗎？」

那個傢伙的思考結構到底長成什麼樣子啊？

「那種事情誰知道啊。應該說，我覺得緹莉絲已經是個美少女了，只有她一個老婆你還是不滿意嗎？」

「不，倒不是不滿意。只是妳想想，我的部隊裡面都是女人對吧？要是隊員們在我和緹莉絲的結婚典禮前一天晚上之類的時機上演類似『其實……我喜歡隊長……』這樣的劇情我不是很傷腦筋嗎？」

……說、說真的，那個傢伙的思考結構到底是怎樣啊？

「……我還以為自己已經學得許多知識，能夠預想絕大多數的事情，應該沒有無法理解的事情才對，不過看來我還有得學呢。」

「這樣啊。雖然我不太清楚妳在說什麼，不過我相信妳的能力。加油吧。」

我開始覺得負責照顧那個傢伙的愛麗絲很可憐了。

「不過，如果雪諾是我的老婆的話，在某種意義上每天都會很刺激吧。」

聽見令我無法置若罔聞的這番話，我感覺到血流開始往腦袋衝。

我決定狠狠罵他一頓，於是對著門把伸出手……！

「……對了，我還得先確立如月公司的幹部路線才行。差不多該正式完成諜報任務了吧。這次的功勞應該不小。至於報酬，應該也是時候叫她們讓我管理一個祕密基地了……」

「喂六號，我知道你心情很好，但是聲音太大了。這種事情應該用日語說……」

參謀交給我的皮囊掉在地上，發出沉重的聲響——

【中間報告】

在這個行星的調查活動已經幾近完成。

接下來將和愛麗絲一起，以確保祕密基地作為侵略據點為第一要務。

透過愛麗絲在當地進行的資金運用，已經確保了足以充作祕密基地購入費的金額。

一旦得到符合條件的祕密基地將另行聯絡。

……目前在執行任務上並沒有任何問題。

報告者　戰鬥員六號

第五章 為了成為英雄

1

「──你是什麼意思？」

雪諾突然打開門，握著拳，低著頭，以顫抖的聲音說。

「……間諜，是什麼意思？」

……看來最不應該被聽見的事情，被最不應該聽見的人聽見了。

怎麼辦，該如何蒙混過去？

假裝腦袋秀逗有辦法解決這個難題嗎？

不，我都已經用了因為戰鬥而導致腦袋失常這個設定，不希望更進一步了。

這種時候應該反過來生氣，生氣下去就對了！

「開門之前不敲門是怎樣，妳受的是什麼教育啊？要是我在做什麼特殊的事情不就慘了，難不成妳在期待打開門看見我在換衣服之類的殺必死事件嗎奶子女！」

「應該說，哪有人把這個醉鬼隨口亂說的話當真還衝進來的啊。妳總有一天會被壞男人騙喔。就是因為這樣，妳才會成天被六號……」

愛麗絲察覺到我的意圖也跟著罵個沒完，但是看見渾身顫抖的雪諾依然低著頭，便改口表示：

「……喂六號，這招沒用的，放棄吧。」

真的假的，要是在這種狀況下放棄的話，會被當成不知道哪個國家的間諜然後腦袋搬家吧。

正當我想著不能乖乖被處死，猶豫該如何唬弄雪諾的時候……

「我不問你們是何方神聖。你們保護這個國家至今，我至少也該如此表達感謝。」

雪諾咬緊牙關，握緊拳頭。

「你們就離開這裡。然後，不准出現在我的面前……」

她一直到最後都沒有抬起頭來看我們兩個的臉，虛弱地這麼說——

「——耶～～我第一名～～！我要這個房間！呀呼————！這張床超大的——————！」

「喂，太奸詐了吧六號！那麼，我要占據二樓的廁所和一樓的廁所作為我的領土！」

我和愛麗絲租了一間房屋當成暫時的據點。

是一間位於郊外的小房屋，以邪惡組織的祕密基地而言感覺相當不錯。

「妳、妳這個傢伙！廁所妳又用不到，把二樓的廁所交給我！」

「那麼，你要用那間最大的房間跟我交換廁所。」

我和愛麗絲在屋內探索，一間一間分配房間。

「這間距離我的房間很近，可以馬上過來玩。好，阿斯塔蒂大人的房間就決定是這間好了。擅自把名字寫到房門上吧。房間這麼近的話，應該不時可以看到剛洗好澡的阿斯塔蒂大人才對。」

「……這樣啊，你喜歡就好。對了六號，在你每天玩騎士遊戲的這段時間內，我已經把調查這附近的有用資源和生態系的任務大致完成了。」

我還想說這個傢伙好像在我不注意的時候做了很多事情，原來都在搞這些啊。

這麼說來，我完全忘記有這些任務了。

「沒想到，妳好像真的挺高性能的耶。」

「那當然了，事到如今你在說什麼啊？我還順便提供了一下不會太誇張的新材料和新藥藉以建立關係，還靠期貨交易賺取活動資金呢。」

真的假的。

「愛麗絲小姐請給我零用錢。我幾乎每天都在花大錢，租了這個家之後，我已經身無分文了。」

「……向仿生機器人討零用錢不太對吧。先別說這個了，我們已經繞了好一大段路，也該完成剩下的最後一個任務了吧。」

我們剩下的最後一個任務。

「……說的也是。通往地球的傳送機就設置在這個家的地下室應該沒問題吧？」

「可以，雖然要稍微花點時間，不過只要改造成無塵室就足以裝設小型的傳送機了。既然如此，今天就立刻開始請地球方面將裝置的零件傳送過來吧。」

總覺得，以這麼重要的任務而言，執行起來也太簡單了一點。

傳送機組裝完成之後，就可以把地球的戰鬥員叫過來從內部侵略這個國家。

只要有我們的力量，魔王軍根本不是對手吧。

憑如月公司的現代武器和資源量，不久之後這個行星就會遭到蹂躪了。

「這次的任務真是輕鬆愉快啊。既不需要野外求生，也沒有槍林彈雨。不過相對的有火球飛來飛去就是了……」

嗯，是啊……

結束之後回想起來，這次的任務確實相當開心。

「怎麼了？你有什麼煩惱的話就說說看吧。我是為了支援你而打造出來的，有話想說的話我願意聽喔。」

愛麗絲跳上床躺著，只把頭轉過來面對我這麼說。

「……也沒有什麼煩惱啦。我是邪惡組織的戰鬥員耶。之前都已經幹盡各種壞事了，現在只跳過這裡不侵略也很奇怪吧。更重要的是，我回地球之後要喝冰涼涼的啤酒喝到撐。這裡的酒根本是常溫的。應該說，至少這次我要叫幹部們請客。這種沒有瓦斯也沒有電的未開化行星，我毫不戀棧！立下這麼大的功績，我也該出人頭地當上大幹部了吧！」

我想像著今後的美好未來而興奮不已，依然躺在床上的愛麗絲看著天花板說：

「……這樣啊，那就好。那麼六號，我要開始改造房間和組裝傳送機了。接下來這一個月，你就隨便到附近玩去，免得妨礙我。」

……一個月？

「為什麼要花那麼多時間啊？組裝機器這種事情不是三兩下就結束了嗎？」

「……你真的完全沒有在聽人說話呢。一開始來到這裡的時候我不是說明過了嗎？即使傳送機組裝好了，為了讓傳送空間穩定下來，也得花上大約一個月的時間。」

這麼說來她好像是說過這種話。

「……那這段時間我不就閒到發慌了。」

「所以我才叫你自己找個地方玩，免得妨礙我啊……這麼說來，最近這一陣子，魔王軍的動向好像很奇怪。聽說，那位勇者大人將一名幹部趕到某個洞窟裡面去了，但是在勇者離開王都的這個空檔，其他幹部似乎正在集結大軍。大概是想趁勇者不在的時候闖空門，對這個國家不利吧。」

這個傢伙是從哪裡蒐集到這種情報的啊？

話說回來，這樣啊……魔王的大軍是吧……！

「活該！就讓那個臭女人事到如今才開始後悔把我趕出來好了！沒錯，身為間諜的我或許也有那麼一點點不對，不過我好歹也打出那麼多功績了，聽我解釋一下也不會怎樣吧！」

「間諜在大部分的國家都會被處死就是了。我想，她什麼都不問，只是把我們趕出來就了事，大概也算是那個傢伙報恩的方式吧。更重要的是，萬一那位勇者大人再次戰敗的話，這個國家的敗相就會立刻變得極為濃厚……這樣你也無所謂嗎？」

愛麗絲這番意有所指的發言，讓我覺得內心好像被看穿了。

「……妳、妳是什麼意思啊，我又不是英雄，不會去救她們喔。」

沒錯，我是邪惡組織的戰鬥員。

沒有任何利益可言卻冒險救人，這種事情違反我的美學。

不過，要是那個女人哭著求我救她們的話，我倒是可以考慮看看。

而且，姑且不論那個只會反抗我的傢伙，蘿絲和格琳算是我的部下。

可是，就算是這樣，作為救她們的理由還是太過薄弱。

正當我在內心如此糾結的時候。

「吶，六號。」

我那自稱高性能的搭檔。

「我們找到想侵略的地方卻被同業亂搞，你不覺得這樣讓人很不是滋味嗎？」

明明是個仿生機器人，卻揚起嘴角這麼說。

2

「——魔王軍形跡可疑？」

「是的，隊長。據說是監視兵傳回來的消息，似乎有在近期內發動攻勢之虞。」

「……這樣啊，辛苦妳了蘿絲……啊啊，還有，妳不用稱呼我為隊長，照之前那樣叫我就可以了。」

聽我這麼說，蘿絲露出純真的笑容。

「……好的，我知道了，雪諾小姐！」

……如果我的個性也像她一樣直率，而且思考方式可以更有彈性的話，是不是就不會把那個男人趕出去，願意聽他解釋了呢？

為了甩開這種略帶自嘲意味的想法，我對騎士團的隊員們大喊：

「現在開始分成兩組，進行模擬戰！敵人設定為魔王軍的精銳部隊！」

聽見我的吆喝，忠實的隊員們氣勢十足地回應，並且開始訓練。

……沒想到，我會以這樣的形式回到這支部隊來……

一想起我回到這支部隊的經過，我就會忍不住皺起眉頭。

在那個男人離開之後，參謀便擅自誤會了內情，開開心心地將我調回來當近衛騎士團的隊長。

我把那個男人趕出去並不是這個意思。

我知道自己對於升官發財的慾望比別人強上一倍，但是以這種形式重回崗位讓我沒辦法由衷開心。

……真是的，連我也覺得自己這種個性很難搞。

這時，或許是我的焦躁寫在臉上了吧。

蘿絲戰戰兢兢地一副欲言又止的樣子。

「……其實，我還有另外一件事情，要向雪諾小姐報告……」

「什麼事情？是好消息？還是壞消息？」

我並不想聽到更多壞消息就是了……

「我、我不知道該算是哪一邊耶……那個，事情是這樣的……聽說，最近每天晚上都有變態出現在鎮上。」

「……原來是這種事情啊。那應該是警察的工作才對吧。」

然而，蘿絲聽了我的疑問，露出一臉為難的表情。

「根據目擊者表示，那個變態好像穿了一身外型尖銳的黑色鎧甲……」

3

「妳看好嘍小妹妹，大哥哥現在要變魔術給妳看了！妳看喔，我不用手去碰，褲子的拉鍊就會自動往下滑喔～～！」

「呀——變態！來、來人啊————————！」

女孩子居然一個人在這種時間走在街上，她爸媽到底是怎麼教的啊？

我目送少女逃離現場之後，在聽著熟悉的點數增加語音的同時將褲子的拉鍊往上拉。

「真是的，也太不自愛了吧，這個國家的未來真令人擔憂……呼，這是今天晚上的第六個人了……下一個就挑在那條巷子裡閒晃的女孩吧。」

時間已經完全是深夜，來到即將換日的時刻。

我追趕著獨自走在巷子裡的少女。

四下無人，要動手就趁現在！

「妳妳妳妳、妳看看我————————！」

「呀啊啊啊啊啊！」

我展開雙手，擋在少女前面。

「來吧小妹妹，拿出勇氣來，看看拉開我的褲子拉鍊會怎樣吧？」

「不要啊啊啊啊，我要被侵犯了——！」

大概是因為我突然出現而大受驚嚇吧，少女癱坐在地上，似乎動彈不得了。

「呼嘿嘿嘿嘿，妳放心，我不會對妳動手的！妳只要尖叫個幾聲之後逃走就可以了！好了，快點逃走吧小妹妹，否則就算妳不拉，我的褲子拉鍊也會自動往下滑喔～」

「呀啊啊啊啊！還說什麼不會對我動手，那一定是謊言！你想用花言巧語騙我，在我放心的瞬間把我拖到暗處侵犯我，把我變成你的性奴對吧！」

見少女大呼小叫地哭喊個沒完，我試圖讓她稍微放心一點。

「放心吧，我有點苦衷，無法對妳動手！好了，快點站起來逃跑吧，否則妳看見了什麼我可不管喔～」

說著，我一隻手拉著拉鍊，一點一點逼近她。

「你騙人，你在說謊！你一定是打算就這樣綁架我，每天對我宣洩你源源不絕的慾望吧！啊啊，我的天啊，我因為被你追到跌倒而扭到腳，這樣根本逃不掉！不要啊啊啊啊啊啊！」

「妳、妳哪有跌倒啊……不，我並不會綁架妳，也沒辦法對一般老百姓動手，我只是想讓妳看著我，感覺到不舒服就可以了……」

「不要啊啊啊！你騙人，我這種美少女大半夜地毫無防備地在外面閒晃，你怎麼可能不動手！你一定是想把我帶到附近有美麗海景又人煙稀少的白色房子裡去，把我當成性奴逼我生三個小孩對吧！第一個當然是男孩！接下來是女孩！第三個你想要男的還是女的啊！」

這個女孩是怎樣，我說真的，到底是怎樣啊？

「不、不是，我不是說了嗎，妳聽好……奇、奇怪，不太對勁，惡行點數沒有增加……喂，妳並不是真心感到厭惡對吧。只要稍微看一下就可以了啦！」

我卯足了勁說服她，但少女卻摀起耳朵一直搖頭，不願意接受。

「不要啊啊啊啊！居然只有得看，我不要啊啊啊啊啊啊啊啊啊！」

「給我看啦妳————！」

「——既然如此，我來幫她看吧。」

正當我不知道該如何處置這個莫名其妙的少女時，背後傳來的這個聲音讓我放心地轉過頭去。

「怎麼，妳那麼想看嗎！那麼我就讓妳見識見識我的這根……」

然後看見的是雪諾。

「我的這根……什麼東西？繼續說完啊。你不是有東西要給我看嗎？」

協助被我纏上的少女逃跑之後以憐憫的眼神看著我的是蘿絲，而在她身旁的雪諾帶著冰冷到不能再冰冷的撲克臉，雙手抱胸站在那裡。

「……對不起。」

我的聲音小到像蚊子叫。

「用不著向我道歉。你不是有什麼東西要給我看嗎？我都說要看了。喂蘿絲，妳去旁邊的酒吧叫一堆觀眾過來。這個傢伙接下來好像想要秀什麼東西。好了，讓我見識一下啊！我來仔細瞧瞧你那短小的東西！」

「我道歉就是了請原諒我！不過我的東西並不短小妳給我訂正這點！」

「——所以呢？你根本沒資格說自己是人類，而且又愚蠢又變態，已經到了無藥可救的地步，這些我都很清楚，但你到底為什麼會淪落到這副德行，請說明到我可以接受為止。」

在人煙稀少的後巷裡，我跪坐在雪諾面前。

「該、該怎麼說呢……這算是為了對抗魔王軍在做準備吧……」

「……你該不會以為我是真正的白痴吧？好歹讓我看看你有認真在想藉口的努力好嗎。」

說著，雪諾把手放到腰間的劍上……

「不是啦！我並沒有說謊，這是真的！這麼做是必要的！不然妳去我家問愛麗絲啊！」

「你是白痴啊！這個世界還沒有瘋狂到可以讓你這個傢伙的變態行徑和對抗魔王軍有任何瓜葛好嗎！」

可惡，就只會講大道理！

不過，我確實也不知道該怎麼說明這個狀況……

「真的啦——！我明明就沒有說謊，這明明就是真的——！」

「夠了，閉嘴！我們分開的情況明明就那麼嚴肅你現在是怎樣啊，把我用來煩惱那堆事情的時間還來！搞得真心沮喪的我像個白痴一樣！」

「隊、隊長和雪諾小姐都冷靜一點！更、更重要的是！隊長，你為什麼不當隊長了呢？我問雪諾小姐，她也不肯告訴我……」

蘿絲連忙制止了差點拔出劍的雪諾。

話說回來，這個傢伙沒有把我們離開的理由告訴任何人嗎？

「因為雪諾的性騷擾變得一天比一天還要嚴重，我終於忍不下去了。這個傢伙每次在走廊上和我擦身而過的時候都會摸我的屁股。妳就這樣告訴城裡的那些人吧。」

「你是把我當成什麼了，不准散播那種愚蠢的謠言！夠了，和這個男人說話連我的腦袋都要變笨了。這次我就放過你，要是我再聽見變態的傳聞，你可不要以為還有下一次！」

說完，雪諾向後轉……

於是我對著她的背影說：

「我聽說魔王軍最近可能會進攻這個國家是吧。如果妳們想要超強的我出手相救的話，就說『我之前太得寸進尺了對不起』，用諂媚的態度求我吧！」

「誰要求你幫忙啊！你這個還是只有在激怒人特別有天分的傢伙，信不信我這次真的砍了你！」

勃然大怒的雪諾轉過頭來，忍不住把手放到腰間的劍上。

「再說，我都已經叫你不准出現在我面前了，現在突然現身是怎樣，笨蛋！」

「明、明明就是妳自己從我面前冒出來的好嗎，笨蛋笨蛋！」

「你們兩個冷靜一點好嗎，又不是小孩子！隊長也是，雪諾小姐也是！」

蘿絲拚命制止開始吵架的我們兩個。

「蘿絲，這個傢伙已經不是隊長了，不准那樣叫他！夠了，我們走！」

雪諾撂下這句話，再次背對我。

「那麼愛生氣，妳就儘管等著腦血管爆掉吧。」

「你說什麼！」

「你們兩個真是夠了！我要咬你們了喔！」

4

幾天後。

「出現了，是拉鍊俠！」

「喂拉鍊俠！把拉鍊拉下來給我們看看啊！」

走在街上的時候，小朋友們一邊對我叫囂，一邊往我的背上丟石頭。

「妳看，他就是那個……」

「……吶吶，要不要叫他一聲啊？說不定他會把拉鍊拉下來喔！」

看似學生的女孩子們在遠處交頭接耳，如此談論我。

「不、不好意思……我要這個，還有這個……」

我盡力忽視周遭的所有反應，向串燒攤的小姐點餐。

「好的，您要炭燒蜥蜴肉和炭燒老鼠肉是嗎？一共是六枚銅幣。」

我伸出手準備把錢遞給顧攤小姐的時候……

「呀！」

…………

見我拿著硬幣呆立在原地，小姐一臉歉疚，尷尬地笑了笑。

「對、對不起。因為……我還以為你會拉開拉鍊，從那裡拿錢給我。」

「——嗚哇啊啊啊啊啊啊啊！愛麗絲，妳聽我說——！鎮上那些人好過分喔！」

我哭著衝進愛麗絲的房間。

「怎麼了拉鍊俠，拉鍊夾到你的皮了嗎？」

「不准叫我拉鍊俠！」

因為雪諾張貼的通緝畫像，害我在這個社區被當成有名的變態，受到作弄。

窗外也傳來吆喝聲。

「拉鍊俠——！喂，出來啊！變你的拉鍊魔術給我看啊——！」

「你這個死小孩——！我要在大家面前把你的褲子扯下來，讓你以遛鳥俠的身分正式出道！」

正當我打算衝出去的時候，愛麗絲一邊在紙上寫東西，一邊拉住我。

「你還是住手吧，拉鍊俠。現在搞出問題來真的會被逮捕喔。」

「不准叫我拉鍊俠！可惡，我明明是為了和魔王軍戰鬥才這麼做的啊——！」

沒錯，我是為了累積惡行點數才不得不做出那種事情。

「話說回來，雖然叫你趁現在去累積惡行點數的是我，不過我還真沒想到你會靠那種行為累積點數呢，拉鍊俠。」

「不准叫我拉鍊俠！鎮上那些傢伙最好給我記住，等到事情全部結束之後，我要讓他們知道我不是普通的變態！」

「原來你姑且還有身為變態的自覺啊……好，大致上完成了。」

愛麗絲把地圖和文件排在桌上，轉過來面對我。

我一邊啃著剛才每回來的串燒，一邊在愛麗絲對面坐下。

「基本上是交換大量的反人員地雷。為了對付大型魔物，也換幾個反坦克地雷好了。」

關於這幾天賺到的點數要怎麼用，我交給愛麗絲決定了。

自己決定當然也可以，不過我想試著相信自稱高性能的判斷。

「現在的點數有五百多一點。為了留下來當最後的王牌，我想保留大概兩百點。花費三百點，先換三個反坦克地雷，剩下的都換成反人員地雷請她們送過來吧。」

「沒想到會有把點數用在地雷上的一天呢。用貴重的點數換地雷好浪費啊……」

惡行點數這種東西，原本應該是用來請如月公司提供以正常管道弄不到的強力武器才對。

反人員地雷非常便宜，有些甚至只需要幾百塊日幣。

「能不能把這邊的金幣送過去，請她們買地雷送過來啊？」

「大概沒辦法吧。那些幹部也不是吝於支援你，而是想要讓你累積惡行吧。從小事一點一點累積，然後開始弄髒自己的手做出嚴重的壞事，最後才能成為了不起的儲備幹部。」

是啊，她們確實從我還在地球的時候就是這麼想的。

「她們是不是以為我有那個膽量幹出不得了的壞事啊。」

我想起三位最高幹部的臉孔，輕輕嘆了一口氣。

「這陣子你這隻軟腳蝦已經很努力在累積點數了不是嗎？不過你現在因為變態行為遭到通緝，又被雪諾那樣警告，已經無法用這招賺點數了就是……但儘管如此，在這麼短的期間內，而且還只靠那種小家子氣的壞事，真虧你有辦法賺到這麼多點數。」

「吶，妳這是在稱讚我，還是在批評我啊？到底是哪一邊？」

愛麗絲一邊在便條上寫著要請如月公司傳送過來的裝備一邊說：

「好。那麼，現在來確認一下我們今後的行動。現在勇者不在城內，要是魔王軍進攻這裡的話，是魔王陣營有利。這對我們而言是最糟糕的狀況。到時候我們必須放棄這個祕密基地，而且這個國家似乎是附近最大的一個國家，要是垮台了，魔王軍更將勢不可擋吧。要是他們一鼓作氣開始進攻其他國家的話，無論我們搬家到哪裡，都沒有那個閒情逸致組裝機器，等待穩定了。」

那個什麼勇者到底在哪裡閒晃啊？

「裝置的組裝和穩定要花上一個月對吧？」

「是啊，如果真的要趕進度的話三個星期就可以了，不過我想盡可能穩定機器。因為我再也不想嘗試在不穩定狀態下進行傳送了。為了保險起見，最好是抓一個月的時間。」

等一下喔。

「吶，妳剛才說再也不想，難不成第一次傳送就是和我來這裡的時候嗎？應該說，我能夠平安傳送到這裡的機率其實是多少啊？」

「事情就是這樣，無論如何我們都必須讓王國軍擊退這次的侵略，以維持我們在這之後依然能夠安全組裝機器的環境。然而以現狀而言，我們也必須以某種形式介入，否則王國軍應該會輸。在這個狀況下最能夠依靠的就是那個勇者了，我們必須爭取時間到他趕上為止……因此，我們要設置地雷和陷阱，發動阻止敵方進軍的游擊戰。」

「喂，回答我啊。我看其實相當危險對吧？到底是怎樣啦……話說了，游擊戰是吧——好久沒打了呢——之前參加游擊戰的時候，我一直都在設陷阱之類的做些小家子氣的工作。

在森林戰當中大放異彩的怪人虎男先生和變色龍男先生不知道過得好不好……」

有他們兩位在的話，這次的戰鬥想必可以贏得很輕鬆吧……

「如果可以向如月公司說明現狀，請她們送幾個有空的人來就好了。那幾位幹部也不喜歡把部下當成棄子來用，所以除非建構出能夠確實回到地球的狀態，否則她們也不會允許援軍過來吧。」

「我就是在還沒有確認過保證安全的狀態下被派到這裡來的啊。」

愛麗絲一副聽不到我說話的樣子，攤開地圖。

「好，我們來分析敵人的進攻路線吧。不過，考慮到這附近的地形和敵軍的規模，其實也不需要思考就是了……」

「……喂愛麗絲，那些幹部該不會討厭我吧？應該不會吧？她們很重視我對吧？畢竟我是儲備幹部耶？」

愛麗絲完全忽略我的發言，站了起來。

「嗯，這個地方應該不會有人類獵人誤闖，就去這裡埋地雷吧。我們能做的事情相當有限，不過至少在勇者大人回來以前，我們要盡可能削弱魔王軍的先遣部隊！」

「喂愛麗絲，妳倒是說說看啊！吶！吶！吶——！」

5

隔天。

「——好，這樣就行了。偽裝得很完美。喂六號，我這邊結束了，快挖下一個洞。」

一邊哼歌一邊埋地雷的愛麗絲這麼說。

「……呼……呼……呼…………」

工作到耗盡體力的我，連回話都沒辦法。

終於，我拋開鏟子，直接癱坐在地上。

「妳、妳這個傢伙……我和妳不一樣，沒辦法一直活動個不停耶。好歹讓我……休息一下……」

現在的時間將近中午。

開始工作的時間是黎明之前。

在這段時間內我完全沒有休息，一直專心挖著洞。

「話不能這麼說，這裡已經是魔王軍的活動範圍了。現在是白天，在任何時候被他們發現都不奇怪。剩下一點就結束了，你再稍微加把勁吧。」

聽愛麗絲這麼說，我硬是撐起沉重的身體，拿著鏟子再次開始工作。

「真要說起來，妳又不會累……由妳負責挖洞……不就好了嗎……然後我來埋地雷……這樣比較有效率吧……」

大口喘著氣的我一邊抱怨一邊挖洞，而愛麗絲抱著膝蓋坐在原地看著這樣的我。

「這是為了以防萬一，感覺魔王軍應該有鼻子很靈的魔物。如果身為人類的你碰了地雷，可能會因為人類的氣味而被發現。只有挖洞的話，即使你的氣味殘留在這個區域，對方應該也不會藉以找到地雷的位置才對。然後，想要前往王國絕對無法避開這裡。既然無法繞路，就只能硬是闖過這裡了……這麼說來，你有沒有確實記好埋設地雷的位置啊？戰爭結束之後要拆除地雷，這可是基本喔。」

「……總覺得我好像在被迫強制勞動……」

忽然間，我想到一個點子，對愛麗絲說：

「喂愛麗絲，留一個地雷下來。我有個想法。」

愛麗絲一臉不解地看著我，於是我從口袋裡面拿出一樣東西給她看。

這個東西，是之前從炎之海涅手上沒收的魔導石。

「咱們把這個東西當成重物放在地雷的引信上面吧。我原本還在想要賣掉還是要破壞掉，正好有這個好機會。」

「我覺得就算她再怎麼笨，也不至於笨到被這種明顯到不行的陷阱騙到吧。至少也會想到叫部下來拿之類。海涅第一個發現魔導石的可能性也低到不行，想到這個東西萬一落入敵方手中的狀況，不如乾脆破壞掉還比較好吧？」

說完，愛麗絲仔細端詳著這顆寶石。

「沒關係啦。就算她叫其他魔物來拿至少也可以波及到一隻，寶石也會在爆炸中壞掉吧。而且萬一是海涅找到的，她喜不自勝地打算拿起魔導石的時候魔導石就會在她眼前爆炸，妳不覺得光是想像她那個時候的表情就快要受不了了嗎？」

「……你這個傢伙的個性依舊這麼值得稱讚呢。」

——我們埋完地雷回到鎮上，發現街上的氣氛和昨天不太一樣。

來往的行人全都臉色蒼白，表情陰鬱，到處稱滿低著頭的人。

「看來出事了。就連神祕的變態驚動世間的時候，街上的氣氛都還沒有差成這樣呢。」

「吶，我已經想忘記那件事了，可以不要提了嗎？」

儘管如此吐嘈愛麗絲，但這個氣氛確實令人擔憂。

我向正好走過附近的小姐搭話：

「不好意思，可以請問一下嗎？」

「好的，有什麼……噫！拉、拉鍊……」

…………

看著我嚇了一跳的那位小姐不住往後退，把說到一半的話吞了回去，沉默不語。

「大姊姊，我代替同行的變態向妳道歉。街上的狀況好像不太對勁，請問到底是怎麼了呢？」

原本有如驚弓之鳥一直盯著我看的那位小姐聽見擬態成純真少女的愛麗絲這麼說，才稍微放下心防。

「這、這個嘛……聽說勇者大人出事了……他在對付魔王軍四天王，風之浮士德勒斯的時候，好像在戰鬥中失蹤了……據說魔王軍部隊因此士氣大振，正在朝這個城鎮進軍……」

6

「根據我蒐集到的情報，勇者在和敵軍四天王之一交戰的時候，已經將對方逼到即將走投無路的困境了。然而，敵軍四天王那個叫什麼風之浮士德勒斯的，似乎拖著勇者使用了不指定移動地點的隨機瞬間移動魔法。」

回到家裡來的我們，立刻開起緊急會議。

「瞬間移動魔法這種東西，好像只要是相連的空間就可以傳送到任何地方去。目前還沒查明移動地點。或許和我們一開始被傳送過來的時候一樣，在這個行星某處的上空，也有可能是海上，也有可能是魔之大森林的正中央。總之以機率而言大概很難指望他活下來吧。」

「我沒見過勇者的長相，不過真是可憐他了。畢竟，如果傳送沒有順利運作的話，我可能也會碰上類似的下場。不過，以我的情況，說來說去她們還是在保證高成功率的狀況下傳送我過來的……」

儘管事不關己，但想到自己也可能碰上同樣的遭遇，我就忍不住同情起勇者來了。

「…………………就是說啊。」

「吶，妳剛才為什麼頓了這麼久？」

我真的要無法覺得事不關己了。

「更重要的是，那個什麼傳說還是傳承的不是說勇者會打倒魔王嗎？我雖然不指望那種不科學的事情，卻也聽說目前為止的發展都和傳說一樣。現在事情怎麼會變成這樣呢？」

「喂，不准顧左右而言他，確實回答我的問題……不過，確實不太可能發生勇者中途下台的情況。魔王現身，勇者身上出現紋章，既然到這邊為止都符合那個可疑的傳說，就更是如此了。」

愛麗絲沉思了一下。

「……喂六號，你喜歡有勇者出現的遊戲和小說之類的作品對吧？我在輸入資料的時候排除了娛樂類所以不太清楚，這一類的故事原本是怎麼發展的啊？突然出現的勇者是會發揮超乎常人的能力，無苦無難地無雙到最後嗎？」

「嗯──？大部分都會有個一次敗戰事件吧。被強敵幹掉之後，重新審視自己的弱點進行修練，變強了之後再雪恥之類的。簡單的說就類似起承轉合的轉的部分，至少會面臨一次危機吧。妳覺得那個總得面臨一次的危機，就是這次的隨機瞬間移動嗎？勇者被瞬間移動魔法傳送到某個地方去進行修練，在這個國家面臨危機的時候就會變強回來之類？」

在被傳送到的地方遇見神祕的老爺爺，學會必殺技再回來。

被傳送之類的部分姑且不論，無論漫畫還是什麼作品都一樣，嘗到敗北的滋味而變強都是故事的基本。

然而，愛麗絲輕輕搖了搖頭。

「……不，大概不是這樣。勇者已經嘗過一次敗北的滋味了。就是對上達斯特之塔的兩人一組的頭目的那個時候。照理來說，輸給牠們的勇者應該為了雪恥而修練，之後對上那個風之什麼的頭目應該也可以用修練學到的必殺技之類的獲得壓倒性的勝利才對。實際上，憑當時王國派去攻略那座塔的戰力，我不覺得沒有我們在的話有辦法攻略那座塔。面對就連王國軍也無法取勝的強敵，勇者一行人克敵制勝，為人們帶來希望，之後更一路勝利下去。然而……」

「……難不成，妳的意思是，原本應該由勇者攻略那座塔一雪前恥，結果因為出現在這裡的我搶先攻略了，導致那個什麼勇者的傳說出現異狀了嗎？別這樣說好嗎，聽起來好像是我的錯一樣。傳、傳說之類的東西應該不會因為這點小事而變調吧？……喂，妳不是很高性能嗎？總該想得到什麼辦法吧！」

開始覺得自己好像闖下什麼滔天大禍的我，用力搖晃愛麗絲，以強烈的語氣這麼說。

「……要說有的話是有一大堆。前提是不管手段如何就是了。」

「說來聽聽。」

愛麗絲迅速豎起一根手指。

「你去幹一件能夠在短時間內獲得大量點數的窮凶極惡的壞事。我負責請求如月公司傳送在正常狀況下禁止發放的細菌武器或是化學武器。」

…………

「還、還有別的嗎？」

愛麗絲在我的眼前迅速豎起第二根手指。

「我單槍匹馬闖進魔王城，隨便找個傢伙挑釁他並且遭受對方攻擊，讓內建在我體內的有點危險的動力源失控。如此一來就可以連同魔王城將敵軍悉數消滅之類。」

「駁回啦蠢材！就沒有更安全的方法了嗎！」

然而，愛麗絲並沒有豎起第三根手指。

「沒有喔。魔王軍應該差不多要完成準備開始進攻了，假設這次以微乎其微的機率成功抵禦。但是基本上，這邊的戰力還是不及對方。現在沒有勇者這張最後的王牌了，面對魔王軍的進攻即使能夠成功抵禦個幾次，也是杯水車薪。」

「……既然如此，我們僅剩的手段……」

我和愛麗絲對彼此點頭。

「「就只有落跑了。」」

決定乖乖放棄。

7

「喂，幹嘛把我最喜歡的枕頭丟在這裡啊！妳那一大堆行李是什麼，把那些丟下來改成塞我的枕頭！」

「你白痴啊，我的行李全部都非常具有價值，每一樣都可以買到一大堆你那種髒兮兮的枕頭。」

我和愛麗絲一邊整理要帶走的行李，一邊準備逃離這個城鎮。

這個國家已經完蛋了。

我心裡自然是千頭萬緒，但人類最重要的，果然還是自己的性命。

沒問題的，我認識的人都很強，一定都可以活下來。

「喂，愛麗絲，組裝好的傳送機要怎麼辦？那個還沒辦法用吧？」

「原則上已經和地球連接上了，不過轉移空間還不穩定。即使只有微乎其微的誤差，考慮這個星球和地球的距離也很有可能造成嚴重的慘劇。我們能夠轉移到高空已經算是幸運了。要是傳送過來發現在海底的話，那可不是開玩笑。」

怎麼說呢，越聽越覺得我能夠來到這個行星其實算是奇蹟吧。

「……放心吧，來到這個行星的傳送座標是如月公司的天才們花了很長的時間仔細推導出來的。所以，我當時也確實裝備好降落傘了對吧？這種事情只有第一次傳送最困難，之後只要有我在就可以設法搞定。傳送機就擱著吧。弄到別的祕密基地之後，再請她們傳送新的零件過來。」

「不要讀我的心好嗎，別想用那種說詞蒙混過關！如果妳說的是真的，應該可以傳送到更低的地方才對吧！」

就在我們準備逃跑的這個時候。

玄關響起了敲門聲，同時更傳來不知道是誰的呼喊。

但是，我們並沒有會來這個家登門拜訪的朋友。

既然如此，來者當然就是……！

「臭小鬼，居然在這麼忙的時候跑來亂！我要把他扒成精光丟進女生廁所去！」

我乒乒乓乓地衝下樓，奮力打開門——！

「好久不見，六號大人。我這次來是有事情想找你商量。」

看見的是帶著大量士兵的緹莉絲對我嫣然一笑。

——位於城堡頂樓的緹莉絲的房間。

「恕難從命。」

在近乎半強迫的狀態下被帶來這裡的我們，立刻拒絕了緹莉絲的請求。

「……我什麼都還沒有說啊……」

緹莉絲露出不知如何是好的表情，以楚楚可憐的眼神對我這麼說。

用那種水汪汪的眼神央求我也沒用啦。

我已經問過雪諾了，正如愛麗絲所料，掌控這個國家的政治的是緹莉絲。

「反正一定是要我對抗魔王軍或是阻止魔王軍又或是當妳的情夫之類的吧？很遺憾的，現在的我並沒有那種閒情逸致，不好意思，請妳找別人吧。」

「不、不好意思……最後那一個我不太懂你想表達什麼……」

在把我們帶進這裡來之後，包圍我們的士兵就解散了。

現在待在這個房間裡面的，只有緹莉絲、我和愛麗絲。

我心想不然到底是找我們來幹嘛而保持警戒。

「六號大人。這個東西是什麼，請問你有看過嗎？」

說著，緹莉絲拿出一個背包。

哎呀——

「那不是降落傘嗎？」

「你是白痴啊。」

「原來如此，這個叫作降落傘啊。」

我不禁脫口而出的話語，被反應敏銳的緹莉絲聽到了。

愛麗絲則是皺起眉頭，這個傢伙到底是怎樣啊？

我記得，那在我們降落到這個行星之後就成了派不上用場的累贅，當成行李帶著走也很礙事，所以就被我們丟在現場了才對吧。

「這是在目擊到不明飛行物體的那一天掉在現場附近的東西……我甚至不知道這個東西的用途是什麼，但六號大人連名稱都知道呢。」

緹莉絲笑容可掬地這麼說，不知為何讓我毛骨悚然。

是怎樣，她到底想說什麼？

「我就直說了。六號大人是來自其他國家的間諜，是情報員對吧？」

來了一顆正中直球呢。

「妳在說什麼我聽不太懂。」

「這樣啊。那我只好找人拷問你了。」

「我說謊了不好意思，我承認我是間諜就是了請原諒我。」

「喂，太快了吧！再怎麼樣也應該稍微展現一點骨氣出來啊，你這個傢伙！」

見我三兩下就被攻陷，愛麗絲忍不住吐嘈。

不過，緹莉絲完全沒有責怪我們，還笑得有點開心的樣子。

「……呃，妳不逮捕我們嗎？」

覺得緹莉絲的態度很可疑，我便這麼問。

「我沒有要逮捕兩位啊。只是有唯一的一件事情想要拜託你。」

緹莉絲先是這麼說，然後目不轉睛地凝視著我們。

「兩位說自己是從魔之大森林外面來到這裡的對吧？」

正確說來是從這個行星外面來的，不過他並沒有說錯，所以我點了頭。

「在目擊到不明飛行物體之後，兩位便出現在此地。換句話說，兩位能夠透過某種方法在天上飛。如果是這樣的話，也難怪兩位能夠穿越魔之大森林而來。」

緹莉絲露出一臉得意的表情，害我不忍心說她的推測有一大半都是錯的。

也不知道我這麼想，緹莉絲以認真的眼神望著我。

「這個國家……恐怕將在明天滅亡吧。到時候，魔王軍將對附近的各鄰國伸出侵略的魔掌……所以我有一件事情想拜託兩位。」

「……說來聽聽看吧。」

緹莉絲不偏不倚地注視著我的眼睛。

「能不能請兩位見證這個國家的騎士們、士兵們的生存之道，一直到最後一刻呢？然後，請告訴你的國家，這個國家曾經存在過。為了和魔王軍對戰的他們，請告訴大家，在這個地方曾經有人勇於奮戰。然後，還請兩位呼籲其他國家團結一致，才能夠對抗魔王軍……不成材的我能夠做到的，就只有將他們的表現流傳到後世而已了。」

說完，她正襟危坐。

「可以請兩位幫我這個忙嗎？」

明明貴為王族，卻對我這個來路不明的傢伙身低頭懇求。

8

窗外已經完全暗了下來，四下寧靜到只有蟲鳴聲特別響亮。

現在的時刻已經過了晚上八點。

「敗給她了……看著她用那一臉認真的表情拜託我，我又怎麼能說不要呢……乾脆就這樣逃掉嗎？不，要逃也應該是趁魔王軍攻過來之後一團混亂的時候逃才對吧……」

在宿舍的浴室洗完澡的我一邊這麼自言自語，一邊前往緹莉絲的房間。

「不過……反正緹莉絲都說了，情況危急的時候她無論如何都會讓我們逃出這裡……」

緹莉絲表示，希望我們在城鎮的外牆被攻破，魔物開始進到裡面來的時候從空中逃走。

老實說，以我的點數要申請飛機之類的裝備根本就不可能。

……就在這個時候。

「啊，是隊長！」

眼尖地發現洗好澡的我並且出聲叫住的，是蘿絲。

蘿絲輕輕對我點頭致意，而叫她幫忙推輪椅的格琳眼睛閃閃發亮地說：

「隊長也真是的，聽說你是受不了雪諾對你性騷擾所以不幹了不是嗎，現在在這種地方做什麼？」

「格琳！那種八卦不准照單全收，那是這個傢伙放出來的假消息！」

就連雪諾也和她們在一起，而且立刻表現出她有多易怒。

「是緹莉絲拜託我，要我在這座城裡待到明天。不過她說苗頭不對的時候我可以逃離這裡就是了。」

「這樣啊！有隊長擔任緹莉絲殿下的護衛就可以放心了！」

看來，她們幾個以為緹莉絲是僱用我當護衛吧。

見蘿絲笑得那麼天真，我說不出緹莉絲拜託我的是那麼沉重的事情，就這樣沒有加以否認。

「……既然是緹莉絲殿下親自委託你，那我也無話可說，不過我反而在別的層面上感到不安……聽好了六號，不准趁我不在的時候對緹莉絲殿下灌輸什麼愚蠢的事情，或是對緹莉絲殿下性騷擾喔，聽懂了沒？」

「聽妳強調成這樣，我反而覺得妳是在叫我動手了。」

「住手！喂，我可不是在跟你開玩笑喔。你知道吧！」

我向她們三個問了我一直很掛心的事情。

「妳們幾個明天負責守哪裡啊？」

依照我們的小隊之前的待遇，感覺應該會說是最前線的正面之類。

「哼，用不著擔心。格琳和蘿絲都已經是近衛騎士團的隊員了。近衛騎士如同字面所示，是負責保護國王和公主等身分尊貴的要人。明天我們的崗位應該會在都市的正門前面，負責最後一道防線吧。」

知道認識的人不會在危險的地方，我放心了些。

「妳們幾個，明天可別死啊。要是情況危急的話就別管國家會怎樣了，趕快逃命要緊，知道嗎？」

聽我這麼說……

「少愚蠢了！我們是最重視榮譽的近衛騎士團！逃什麼命啊，寧為玉碎不為瓦全！妳們說對吧！」

「「咦！」」

…………

「明天我們也會好好加油的！隊長也要在危險的時候帶著緹莉絲殿下脫逃喔！」

「我明天也會努力醒著的，交給我吧！我還沒有男性經驗呢，絕對不能死！絕對要活下去找個帥氣的老公！」

「喂，妳們！『咦』是什麼意思！妳、妳們會留下來吧？會陪我一起留到最後吧？」

照這個樣子看來，應該不用擔心她們幾個了吧。

「……你幹嘛笑得那麼賊啊，亂噁心的。先告訴你，我只是因為緹莉絲殿下有求於你才暫時放過你一馬，你可不要以為我已經不追究那件事了。」

我明明只是看著她們不禁面露微笑而已，雪諾居然說我的笑容噁心。

「妳是怎樣？事情都已經過去了吧，妳的心眼比屁眼還小耶。就是因為這樣，炎之海涅才會一直不把妳放在眼裡啦。」

「你、你這個傢伙……！你知道我把你從城裡趕出去的時候，她們兩個有多擔心嗎！」

對著依然暴躁易怒的雪諾，我一邊用小指頭挖耳朵一邊說：

「好好好，我有在反省啦——」

「…………」

面對默默拔出劍的雪諾，我擺出威嚇的架勢一點一點後退。

「啊哈哈哈哈！隊長還是老樣子呢。明天會怎樣都還不知道，但是就連這種時候也只顧著和雪諾小姐吵架……我終於懂了。俗話說越吵感情越好，我決定不再勸架了！」

蘿絲邊笑邊拍手，一副很開心的樣子。

「看他們兩個打情罵俏真的很煩……啊啊煩死了，乾脆詛咒他們好了。尤其是雪諾在隊長離開之後明明那麼沮喪，今天卻變得莫名有精神。」

「聽妳這麼一說的確是這樣呢。雪諾小姐好像很有活力的樣子。」

「好我知道了，我就一次對付你們三個吧。就當作是明天那場戰鬥的前哨戰，我來好好管教你們幾個麻煩人物！」

暴躁女這麼說，一副要先從我管教起的樣子，拎著劍砍了過來。

而蘿絲沒有要阻止這樣的雪諾的意思，也不知道在開心什麼，笑嘻嘻地這麼說：

「我好像還是最喜歡由隊長擔任隊長的部隊。總覺得待起來很舒適。」

「是啊，我也不討厭，隊長雖然是性騷擾的慣犯，但相對的也很常請我吃吃喝喝！」

聽著她們兩個悠哉地這麼說。

「隨便妳們愛怎麼說啦，先阻止這個傢伙！敵人都要攻過來了還自相殘殺是怎樣！」

平安的一夜已經深沉——

最終章

派遣戰鬥員！

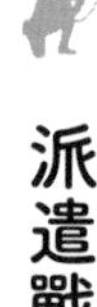

1

從城內放眼望去，可見葛瑞斯的街景。

為了保護這裡而在正門布陣的騎士團，正在接受將軍的精神喊話——

「諸位！想必大家都已經聽說勇者大人行蹤不明的消息了吧。相信有許多人已經落入失意的谷底，甚至墮入絕望的深淵。但是，勇者大人並非已經死亡。只要我們護國衛民，堅持到底等下去，我們最後的希望，勇者大人必將歸來！守住這扇大門，保護國家、保護家人吧！守住你們的榮譽吧！現在，正是你們上場的時候！讓魔王軍知道，他們需要害怕的不是只有勇者大人！」

將軍的演說，讓騎士和士兵們提振起些微的士氣，放聲歡呼。

在自己的房間露台帶著憂心忡忡的表情觀望著城鎮的緹莉絲，看見這一幕不禁低語。

「……六號大人，敵人究竟會如何行動呢……？」

至於被緹莉絲這麼問的我……

「我是說真的啦！我真的看見了，獨角獸用牠額頭上的犄角去掀女生的裙子！受害的是照顧牠的女騎士！獨角獸根本不是什麼好東西，裡面肯定藏了一個大叔！」

「我知道，我知道了，這件事我晚一點再聽你說。為了回報目前的狀況問她們能不能稍微便宜行事一下，我現在正在寫信，不要來妨礙我。」

正忙著說明剛才在馬廄看見的驚人場景。

「不、不好意思，六號大人……」

「反正那些冷血幹部不會通融特例啦。先別管那個了，妳好好聽我說嘛，這是相當重要的事情喔！既然有獨角獸的話這個國家應該也有馬才對，那騎馬不就好了！幹嘛騎那種好色又有那種麻煩性質的獨角獸啊！」

「這種事情你跟我說也和我無關啊。我針對生態系做了很多調查，這裡有許多無法理解的例子。像是看不出進化的過程，而且不知為何還存在著許多出現在神話和傳說裡面的生物，真要列舉的話疑點多到沒完沒了。最根本的，有關魔法和詛咒那種荒謬到了極點的現象也是……」

在我看來妳的存在也不錯荒謬就是了。

「…………兩位好像對魔法很有興趣的樣子，我也會用一些簡單的魔法喔。」

「真的嗎？秀來看看秀來看看！」

「喔，我也很想看看。」

大概是因為我們沒有理她而感到寂寞吧，緹莉絲試圖吸引我們的注意。

與這樣的我們恰好兩樣情，王國的騎士們靜靜等待魔王軍的到來。

2

「——好了，大家拿出氣勢出發了！現在正是支配那個國家的時候！勇者不在了！能夠妨礙我們的人，已經……」

正在激勵魔物們的炎之海涅，瞬間頓了一下。

因為某個男人的臉孔從她的腦海掠過。

不過，她甩了甩頭，把揮之不去的那張臉孔甩掉。

「能夠妨礙我們的人已經不存在了！咱們上！讓人類們見識一下魔王軍的可怕！」

聽了她這番話，如今戰力已經成長到將近王國軍兩倍的魔王軍用力跺地，以頓足聲提振氣勢。

「喂，海涅。有這麼多魔物的話，應該不需要動用祕密武器魔像了吧？勇者已經不在了，有妳一個就足以對付那些渺小的人類建立的王國了吧……即使以妳現在的狀態，手上只有魔力低落的觸媒而無法發揮原本的力量也一樣。」

以瞧不起海涅的語氣對她這麼說的，是魔王軍四天王，地之加達爾堪德。

魔王軍現在認為，人類失去了名為勇者的希望，已經不足為懼了。

他們更認為，士氣低落，有如槁木死灰的王國軍，靠弱化的海涅和勇猛果敢的大量魔物們就已經足夠。

「別掉以輕心啊，加達爾堪德。我不是說了嗎，有個傢伙面對我也能夠出奇制勝。老實說，我覺得那個傢伙比勇者還要難對付。不同於只是實力堅強的勇者，那個傢伙不知道會搞出什麼名堂來。所以，這次要小心再小心。那個傢伙也是費盡千辛萬苦才打倒了一尊魔像。現在有十尊，諒他再怎麼厲害也無能為力了吧。」

「……妳是說破壞了我的魔像的那個傢伙啊。喂，海涅，那個傢伙讓給我殺吧。他粉碎了我的魔像，我也要讓他碎屍萬段。」

聽加達爾堪德這麼說，海涅輕輕嘆了口氣。

沒想到自己必須依靠這種四肢發達，頭腦簡單的傢伙。

……就在這個時候，異常狀況發生了。

走在最前面的魔像之一，突然隨著巨響碎裂。

「「啥！」」

海涅和加達爾堪德都因為這個突發狀況而為之驚愕。

「發、發……發生什麼事了！喂海涅，就是那樣嗎！那個殺掉魔像的傢伙出現了嗎！這裡還是魔王軍的地盤啊！」

總是氣定神閒，面對任何情況都面不改色的加德爾勘德難得慌張了起來。

海涅見狀，反而恢復了冷靜。

「全體繼續前進，小心被當成標靶！那可是足以粉碎魔像的高等魔法，不可能從遠距離施展！魔法的威力和距離成反比。想提升威力就必須犧牲距離，想延長距離就必須犧牲威力！以剛才的威力而言，敵人必定就在附近。把他找出來！」

瀕臨混亂的魔王軍也在海涅迅速的指示之下立刻恢復了平靜。

不久之後，魔物們開始分散到附近，尋找敵人的蹤影……

然而，隨之而來的卻是在四面八方發生的一連串爆炸，這下讓海涅和加達爾堪德都困惑不已了。

「喂喂，這是什麼情況！高等魔法從什麼時候開始變得這麼容易使用了？到處都有魔物被炸飛啊！到底有多少敵人啊！」

「刻耳柏洛斯！牽幾隻刻耳柏洛斯過來！靠氣味找出敵人！」

在加達爾堪德吶喊的同時，海涅進一步做出指示。

「……海涅大人！叫刻耳柏洛斯找敵人也只是在附近隨便聞幾下就不動了！」

「加達爾堪德大人——！魔像！又有一尊魔像被幹掉了！」

「到底是怎麼回事！該死的傢伙，所有人成戒備態勢！隨時注意四周，一點一點進軍！敵人正躲在某處狙擊我們，隨時提高警覺！叫魔像到後面去！再這樣下去只是讓最重要的魔像平白被當成標靶！」

難掩焦躁的加達爾堪德如此叱喝時，海涅試圖尋找看不見的敵人，為了感應敵人的魔力而集中精神。

……她感覺到，附近有強大的魔力。

是一股強大又讓人懷念的魔力……

「……這是我的魔導石的波長！」

既然如此，從自己手上搶走寶石的那個傢伙也在。

因此想通了一切的海涅丟下魔物們，朝魔導石的所在地衝了出去。

寶石和那個男人應該都在那裡才對。

「……什麼狀況？」

然而，她找到的地方並沒有人在，只有魔導石單獨被放在那裡。

她注意周遭，試著搜尋人的氣息，但沒有感應到任何東西。

她戰戰兢兢地接近寶石，同時不斷東張西望。

「……你在附近對吧，六號？這是什麼意思？」

爆炸的巨響大作，魔物的慘叫四起。

她只聽得到遠方傳來的這些聲音，並沒有人聲。

魔導石就在眼前。

無論她在怎麼專注，還是感應不到人的氣息。

難道，這證明了六號對自己的歉意嗎？

因為勇者失蹤了，這次他真的要向魔王軍投誠了嗎？

無論如何，真相等見到他本人再問也不遲。

「……我……我的……我的寶貝魔導石……！」

喜出望外的海涅，拿起她長期灌注魔力的重要道具……！

3

「好了，我要施法了喔！以我的能力只能使用一次，兩位要專心看喔！以水之女神之名，顯現吧水精靈！」

《惡行點數增加。》

「……哦？」

「怎麼了六號，發生什麼事了？」

我聽見腦內語音突然響起便歪了頭，而愛麗絲也對我的行動做出反應。

「沒事，只是剛才惡行點數突然增加了。大概是我把A書丟進叫我拉鍊俠的小鬼家裡，還故意丟在會被他爸媽看到的地方，剛才終於被發現了吧。」

「……你這個傢伙對小朋友……」

就在這個時候，我聽見一個「嘩啦」的水聲。

「看到了嗎？剛才那就是呼喚水之精靈的魔法……！」

我看了過去，看見的是大口喘著氣的緹莉絲在一攤水前面露出滿意的微笑。

「抱歉，我剛剛沒在看。」

「我也沒在看。不好意思，再來一次吧。」

「咦咦……」

緹莉絲的表情不知為何變得陰沉到不行，呆呆站在原地。

我從露台看了一下城鎮外面的狀況，敵人還沒現身。

原本預測魔王軍會抵達的時刻早已過去，時間差不多要來到十五點了。

「好慢喔。我看今天不會來了吧？」

「不，一定是在地雷區被絆住了吧。」

這麼說來我們是埋了那種東西。

……不過，就這樣拖延下去對我們而言是好事。

我的拘束時間只到晚上的二十點，所以只要過了那個時間，即使我逃跑了也沒人有資格說我什麼。

……所有人就這麼繼續等下去，到了就連在城鎮前方一直維持陣形的騎士團也開始發懶的時候。

遠方，有東西出現在大馬路的另外一端。

背對著開始沒入地平線的夕陽，布滿血絲的眼中有殺意在翻騰的魔物大軍現身了——

「——六號大人，請看！第六騎士團的隊長果敢地隻身衝進敵陣了！」

戰場上從剛才開始就一直呈現拉鋸戰的狀況。

大量的魔物們蜂擁而至，但人數居於劣勢的騎士們憑著團隊默契，將攻勢鬆散的魔物們各個擊破。

之前說得好像是多重大的危機似的，真正面對魔王軍的時候倒是略占上風呢。

「什麼嘛，照這樣看來可能還不用逃了呢。不過緹莉絲，妳可不要因為這次可以順利渡過難關就翻臉，說要處決我這個間諜喔。」

「我才不會說那種話呢，誰那麼卑鄙啊！我是為了節省經費讓兩位睡同一個房間沒錯，但絕對不會做那種背信忘義的事情！」

…………

「喂等一下，原來我和愛麗絲睡同一個房間是為了幫你們省錢喔！」

「反正六號大人明天就不在這座城裡了，也不需要追究已經過去的事情了吧。」

「當然要追究！這個傢伙長得這麼可愛沒想到一肚子壞水！」

正當我和緹莉絲如此鬥嘴的時候，看著戰場的愛麗絲開了口：

「……最前線的士兵被攻破了呢。」

「啊啊！天、天啊……！」

緹莉絲推開靠著露台的我，目不轉睛地看著戰況。

士兵們各個帶著認真的眼神奮勇作戰。

而緹莉絲也忙著為了士兵們祈禱，於是閒得發慌的我們便丟下她……

「喂愛麗絲，我們來玩圈叉遊戲。」

「圈叉遊戲是什麼？」

見我們在地毯上攤開紙張，緹莉絲露出一臉欲言又止的表情，不斷扯動嘴角。

「妳不是什麼都知道嗎？這是一種在紙上畫格子然後輪流畫圈和叉，先畫出五個連成一直線的人贏的遊戲。要玩嗎？賭一枚金幣如何？」

「你是認真的嗎？你以為憑人類的腦袋有機會僥倖贏過我嗎？」

愛麗絲沒好氣地這麼說。

「既然妳那麼高性能就讓我一下吧，除了在輪到我的時候可以畫一個圈以外，每五輪還可以再畫一個圈，就採用這種規則吧。」

「喂，你耍我啊。」

——後來也不知道過了多久。

「啊啊……！終於連第四騎士團都……！」

「好，我贏了。」

愛麗絲在眼前的紙上畫了一個叉。

「喂喂，先贏五場才算贏可是圈叉遊戲的基本規則喔，妳現在才贏一次耶。」

「喂，你真的是來耍我的吧。」

——天色逐漸變暗，儘管還在戰鬥，卻到處燃起火把的火光。

夜晚是對魔物們有利的時刻。

至少也得確保視野的清晰才行。

「——六號大人。差不多該準備脫逃了。敵人終於攻到正門前面了。」

聽見緹莉絲有所覺悟的聲音，我不經意地抬起頭。

「這一刻終於到了是吧……我知道了，我們也該準備了。」

「喂六號，輪到你了。我都已經接受如此不利的讓步規則了，快點畫你的圈。」

緹莉絲看我站了起來，露出一臉既像是困惑，又像是笑著流淚的表情。

「真是的……你完全沒有要看他們戰鬥的意思呢。」

接著帶著同樣的表情沒好氣地這麼說。

「因為我相信他們。還有雪諾和蘿絲、格琳她們也在。她們幾個並不弱。畢竟……」

而我對這樣的緹莉絲揚起嘴角。

「她們幾個可是我的部下呢。」

然後帶著自信，斬釘截鐵地如此告訴她。

「喂六號，無論你畫哪裡都輸定了，快點認命把金幣交出來。」

4

「蘿絲、格琳！敵人還有一段距離，不過可別疏忽大意！要是強敵來了，還得靠妳們呢！」

到處傳出慘叫，戰鬥的聲音大作。

「沒問題，包在我身上！」

「好想睡……加、加油啊我……！這場戰鬥結束之後，雪諾一定會請我喝很多酒……所以加油吧……加油啊我……太、太陽馬上就要完全落下了，加油啊我……」

蘿絲的回應聽起來相當可靠，格琳倒是不太值得信賴的樣子。

這場戰鬥結束之後，妳們想吃多少飯喝多少酒我都請客。

我守著城鎮的正門，配置在騎士團最後面，此時一名士兵衝過來我身邊。

「雪諾大人！雪諾大人！」

慌張的士兵一找到我，便帶著蒼白的臉色大喊。

「是魔像！正當我方因為長時間的戰鬥而疲憊不堪時，七尊石魔像從騎士團中央強行突破，朝這裡直奔而來！」

七尊魔像！

「喂格琳！妳的詛咒有辦法對付那麼多魔像嗎！」

格琳隨著喀啦喀啦的輪椅聲來到我身邊，注視著慢慢逼近我們的那些魔像。

「差不多是澤納利斯大人開始旺盛活動的時段了。即使無法破壞，至少也可以設法絆住它們！而且有防禦城鎮當藉口，我徵收了所有情侶的對戒作為獻給澤納利斯大人的祭品！」

平常完全派不上的格琳，今天卻比任何人都還要可靠。

至於她後半提到的徵收那件事，我就當作沒聽到吧。

「好，所有人擺出保護格琳的陣形！持有大鎚和錘矛的人負責毆打被絆住的魔像！」

就在我如此指示部下的時候。

「我不會讓你們稱心如意的！全給我退下！」

七尊石魔像已經逼近到正門前方。

魔王軍四天王之一，炎之海涅就在站其中一尊的肩上。

「嗨，又見面了呢。不過我現在要找的不是你們。把六號交出來！我要找的是那個男人。」

海涅遍體鱗傷，模樣令人不忍卒睹，但是她的表情當中沒有一絲苦悶，看起來一副怒不可抑的樣子。

「六號不在這裡！而且妳的對手是我！」

我如此吶喊，但海涅只是用一雙紅眼瞪著我，眼中閃現激烈的怒意。

「妳不夠格當我的對手！那個男人！那個男人居然整我整到這種地步，我絕對不會讓他活下去！竟敢拿我的寶貝魔導石當成誘餌！」

滿心疑惑的我不知道她在說什麼，不過大概是那個蠢貨又幹了什麼好事吧。

我覺得心裡的不平之氣減輕了一點。

「管妳覺得夠不夠格，我不會讓妳去找六號的。那個傢伙有那個傢伙的工作，緹莉絲殿下好像交代了他某種重責大任。格琳！動手！」

「偉大的澤納利斯大人，請對這個石像降下災禍！將它的腳底縫在地面上吧！」

我的話還沒說完，格琳已經施展了詛咒。

格琳緊緊握在手中的對戒成了獻給邪神的祭品，消失在一陣光芒當中。

受到詛咒的魔像無法挪動腳部，當場向前趴倒。

周圍的士兵見狀，各自拿著武器圍毆魔像，將其破壞。

「偉大的澤納利斯大人，請對這個石像……」

「休想再次得逞！一等的魔導石遭到破壞了，不過我今天帶了備用的過來！對付妳這種程度的對手有這個就夠了！」

海涅從手上噴出火焰，朝著格琳投擲出去。

這時，一個嬌小的身影擋到格琳身前。

「偉大的澤納利斯大人，請對這個女人降下災禍！將她的火焰魔術永遠封印吧！」

在蘿絲擋下火焰的同時，格琳將一個大包裹放在腿上，指著海涅大喊。

作為獻給邪神的祭品，放在她膝頭的大量對戒隨著光芒一起消失。

聽見這番文句，海涅瞪大了眼睛露出驚愕的表情，下意識地閉上眼睛，雙手在臉前面交叉，擺出防禦姿勢。

「…………失、失敗……了嗎？可惡，竟敢嚇唬我！」

海涅從指尖變出火焰，帶著鬆了一口氣的表情如此大吼。

「我最討厭像妳這種光是出現在現場就會吸引男人目光的蕩婦了！要是我能夠拿出更多勇氣的話，我就會抱著不惜慘遭反噬的覺悟對妳施加胸部掉下來的詛咒！」

「妳、妳說的那是什麼莫名其妙的話啊！不准隨便叫我蕩婦！」

不過剛才的詛咒似乎成了相當強大的嚇阻力，離開魔像肩上的海涅對格琳保持警戒，不斷後退。

即使格琳遭到詛咒反噬而無法使用火焰魔法也沒有損失。

現在她的手上有大量的祭品，很有可能在全部耗盡之前成功封印海涅的火焰。

察覺到這一點而有所戒備的海涅顯得一臉蒼白，就在這個時候。

「怎麼？妳還沒玩完啊，海涅！快點把那個女人宰了吧！」

從旁現身的是加達爾堪德。

「……啊？妳長得很像之前被我殺掉的那個女人嘛……無所謂，反正再殺一次就是了。」

他意興闌珊地這麼說，高高舉起手上的狼牙棒。

不久之前格琳的腦袋被打爛的模樣掠過我的腦海。

「喝、喝啊——！」

隨著氣勢不太充足的吶喊聲，蘿絲對加達爾堪德的頭踢出一腳。

「……喂，妳剛才對本大爺做了什麼？」

加達爾堪德明明遭到攻擊，卻只是輕輕抓了抓被踢到的地方，以不像是那巨大的軀體能夠發揮出來的速度撲向蘿絲，空手打在蘿絲的太陽穴上。

看也沒看就這麼被毆飛的蘿絲一眼，加達爾堪德望著站在格琳身前的我。

「……滾開。」

然後不帶感情地簡短這麼說。

這隻魔物。

在這個魔王軍四天王眼中，我根本連敵人都稱不上。

這時，隨著某種熊熊燃燒的聲音，火焰籠罩了加達爾堪德的全身。

「嗚啊！臭小鬼，這麼說來妳還有這招！喂小雜碎！憑妳是贏不了我的，妳的魔物本能也感覺得出來吧。反正身為混血魔物的妳在這裡也是懷才不遇吧？事情結束之後，我可以讓妳成為我們的同伴。聽懂了就不要妨礙我！」

加達爾堪德拍打翅膀搧熄火焰，然後轉身這麼說。

他看見的，是緊緊握著拳頭，以衣袖拭去嘴邊的煤灰，太陽穴還流著血的蘿絲。

「嘿、嘿嘿嘿……我、我知道自己贏不了你，身為混血魔物也是事實……不過，我好像也是見習戰鬥員，所以再怎麼害怕也得戰鬥才行。而且……」

儘管有些害怕。

蘿絲依然這麼說，並且對加達爾堪德擺出架勢。

「爺爺的遺言有交代，如果有了同伴，就絕對不可以棄他們於不顧……！」

「這樣啊。那就算了。乖乖受死吧！」

在他這麼說的同時揮落的狼牙棒，陷進了蘿絲原本站的地面。

蘿絲沒有拉開距離，反而鑽進加達爾堪德的懷中深處，打出灌注全副力氣的一拳。

敲打硬物的聲響在周遭迴響，加達爾堪德皺起眉頭。

吐火那招需要花時間蓄力，在這種狀況之下大概無法使用吧。

一次又一次，蘿絲一面在千鈞一髮之際閃躲著加達爾堪德一擊必殺的攻擊，一面揮拳。

面對這超越人類所能的戰鬥，士兵和騎士都無法出手相助，只能離得遠遠地觀戰。

——對我而言也一樣。

年紀比我小，身材也那麼嬌小，一直受到不平等待遇的少女。

現在，卻為了保護格琳而拚命戰鬥。

面對加達爾堪德，我參戰的話反而是妨礙蘿絲。

我的劍大概連傷都傷不了他吧。

如此一來……

即使是創下最年少騎士紀錄，人稱菁英的我，現在也只能因為無計可施的自己的無能為力而感到丟臉。

至於另外一個四天王海涅，則是在戒備格琳的詛咒之餘不斷東張西望，似乎是在尋找六號。

士兵們接連對她放箭，都被她身旁竄現的灼熱火焰擋了下來。

「偉大的澤納利斯大人，請對這個女人降下災禍！」

說著，格琳指向海涅，於是海涅連忙躲到魔像背後。

「不准指我，該死的邪神崇拜者！魔像，幫我擋住！」

「不、不准說澤納利斯大人是邪神！小心我對妳施加受到半獸人喜愛的詛咒喔！」

……我也該有所覺悟了。

即使被熱浪灼燒身體，至少也能夠砍到她一刀。

滿腦子都是升官發財的我，到了最後的關頭卻能享有充滿騎士精神的死，真是諷刺啊。

握著劍柄的手不斷顫抖，但我說服自己這是戰士面臨戰鬥的亢奮。

就在這個時候。

「我不知道妳在想什麼，不過勸妳不要。這是我這個掌管不死的大司教給妳的忠告。死亡真的是一件很難受的事情。」

牽制著海涅的格琳以難得的認真口吻，對已經有所覺悟的我如此呼籲。

接著，背對著我的蘿絲也一邊與加達爾堪德對峙，一邊表示：

「再這樣下去我們會擋不住！雪諾小姐快到緹莉絲殿下那裡去，請殿下避難！」

聽見她急切的聲音，我想起自己該做的事情是什麼。

近衛騎士原本的職責是保護王族。

既然如此，身為近衛騎士的我去通知緹莉絲殿下逃走原則上也算是合情合理。

然而，這種事情沒有必要由身為隊長的我特地跑一趟。

也就是說……

「我們沒問題的，雪諾快點去吧！就算要帶著緹莉絲殿下流亡到其他國家，交給隊長一個人負責妳也不放心吧？雪諾也跟去負責監視他吧！」

也就是說，這兩個人是叫我快逃。

簡直成何體統。

竟是如此無能為力。

過去和其他人一起把這兩個人當成麻煩人物，貶低她們的我，現在反而像這樣接受她們的保護，在她們的掩護之下逃跑。

……要突破這個危機，只有一個方法。

有個傢伙應該可以在這種時候設法解決。

但是，趕走那個傢伙的我，事到如今又有什麼資格去拜託他呢？

忽然，那個男人說過的話掠過我的腦海。

『如果妳們想要超強的我出手相救的話，就說「我之前太得寸進尺了對不起」，用諂媚的態度求我吧！』

如果能夠救她們兩個一命，道歉這種小事我當然辦得到。

他想要的話，要我諂媚他也可以。

但是，在如此危險的狀況之下，那個男人真的願意救我們嗎？

再者，他是不相干的外國人，真的可以把他牽扯進我們的戰爭之中嗎？

正當我內心糾結的時候，蘿絲四肢著地，豎起尾巴嚇唬加達爾堪德。

看著打算保護我的少女那嬌小的背影，我心意已決，轉過身去。

「沉沒於吾之業火之海當中吧……！」

聽著這個聲音從背後傳來。

「永遠長眠吧！深紅吐息——！」

我拔腿衝向城堡。

5

「——我、我不要，我不會離開這裡半步！我要跟著大家一起死！」

位於城堡頂樓的緹莉絲的房間。

「乖乖跟我來就對了！應該說，為什麼我會留到現在這一刻，我就告訴妳真正的理由好了！妳叫我把這個國家曾經存在的事實流傳出去，要我叫其他國家團結起來對吧。這種事情妳自己做！即使這個國家滅亡，只要能夠留下王族的血脈就是妳贏了！如果是為了留下血脈的行為要怎麼協助妳我都願意！」

「你剛才是不是在最後說了非常不得了的事情！我是你的雇主耶，別說那種蠢話了，把我放下來！來、來人！來人啊——！」

被我像貨物一樣扛在肩上的緹莉絲如此大叫，但樓下的人沒有過來。

這也是理所當然的，其實是這座城堡的國王陛下拜託我，要我帶緹莉絲逃跑。

樓下的人應該聽得到緹莉絲的喊叫聲，卻還是沒有人趕過來，就是因為這樣。

不過真讓我意外，沒想到她們幾個會打得那麼辛苦。

害我還擺出一臉跩樣說什麼「她們幾個可是我的部下」耶。

這下子贏不了了，無計可施了。

「好，我們走吧，愛麗絲。」

「收到！」

「請等一下！我說真的，六號大人請放我下來！應該說，這樣你真的無所謂嗎！這座城堡被攻陷，就表示昨天之前和你見過面說過話的各位可能都會死掉喔！」

被我扛在肩上的緹莉絲一面掙扎，一面訴之以情。

「笨蛋，這種時候有一句專用台詞！放心吧……他們會一直活下去的……沒錯，會一直活在我們心中……」

「這樣事情就圓滿解決了！好，已經夠了吧！真的不太妙，六號，動作快！」

「你們兩個到底是怎樣啊——！」

我一隻手抱著哭喊的緹莉絲，為了脫逃而來到走廊上。

就在準備沿著下樓的階梯走下去的時候。

「戰鬥員六號！」

有個人衝了上來。是一頭亂髮，上氣不接下氣的雪諾。

雪諾叫了我的名字之後，就這麼站在樓梯前面不動。

「怎樣啦，我在趕時間！有話快說！」

「雪諾，阻止這個人！叫他放我下來！」

聽見我和緹莉絲的聲音，雪諾喘著氣，頭也不抬地對我說：

「六、六號，門外現在有六尊魔像，還有炎之海涅，和地之加達爾堪德在。」

「我知道啦，我一直在在露台看！快點讓開，戰況真的很不妙！要逃就應該和鎮民一起逃，魔物可以殺的目標比較多，得救的機率才會高！」

「能夠直截了當地說出這種話來，你還真是垃圾地越來越爽快了呢。」

不同於著急的我，雪諾吞吞吐吐地低聲說著。

「那些傢伙不是我們對付得了的對手。蘿絲和格琳正在拖延時間，不過大概也撐不了多久吧。」

聽見熟悉的名字，我下意識地原地站定。

「那些傢伙，憑我一己之力根本無計可施。他們甚至不把我放在眼裡。」

雪諾低著頭，聲音微微顫抖著。

「……我一直以來不斷揮著劍。為了不輸給出身和成長的環境、男女的差異，以及各式各樣的阻礙，更為了不輸給任何人，我明明一直努力到現在。」

我也不知道該如何是好，只能默默聽著她這番獨白。

「之前種種你要我怎麼賠罪我都願意。只要能讓你消氣都可以。所以……」

雪諾猛然抬起頭來，帶著哀求的眼神對我低聲下氣。

「拜託你！助我們一臂之力吧！有我辦得到的事情我什麼都願意做！要付錢也可以！我自己說這種話好像也不太對勁，不過貪財的我的所有財產相當可觀！加上愛劍收藏的金額肯定少不了！」

「喂六號，不准聽她的！該走了！剩下的點數要用在換取大量的震撼彈還有機車好作為脫逃之用，可沒有餘力助她們一臂之力！」

原本聽得有點專心的我因為愛麗絲這句話而回神。

「在這種狀況下誰還想要錢啊，什麼事都願意做這種話妳在說的時候有沒有想過是什麼意思啊！誰理妳啊，我已經是一般老百姓了！而且會變成老百姓還是妳害的！再說，現在才想要哭著求我已經太遲了！居然固執到這種地步啊妳這個頑固女！」

「雪諾都已經說成這樣了！沒想到你是這樣的人，我真的是看走眼了！」

聽我這麼說，依然被我扛在肩上的緹莉絲開始大呼小叫。

我沒有理會緹莉絲的責難，就這麼從雪諾身邊走過，準備直接走下樓梯。

這時，雪諾抓住了我的手背。

「我好不甘心……就這樣單方面被那些傢伙欺侮，我好不甘心……」

心有不甘的感覺，我也嘗得夠多了。

那些力量強大的英雄們，不知道輕鬆幹掉過我多少次。

我既沒有怪人那種格外突出的力量，接受的也是未成氣候的舊式改造手術。

我看向仰望著我的雪諾的臉孔，原本想叫她不要只知道依賴別人好讓自己落得輕鬆。

——結果，至今幾乎未曾露出示弱的神情的這個女人。

現在，雙眼卻積滿了淚水。

「…………求求你了……隊長。」

還第一次稱呼我為隊長。

然後，她像個怕被爸媽罵的小孩似的，以顫抖的聲音輕聲說：

「…………隊長…………請你救救蘿絲和格琳……！」

6

「你這個傢伙真是個無法貫徹邪惡到最後一刻的半吊子耶。所以你才會明明加入組織的年數僅次於最高幹部，卻還是個基層員工啦。」

「少、少囉嗦——！那種事情我早就知道了，我有多天真多遜砲我自己最清楚啦！廢話少說，快叫她們送反器材步槍過來！」

緹莉絲的房間的露台。

回到這裡來的我，在終於暗下來的天色底下踹飛露台的扶手。

「隊、隊長！你不去大門嗎？你來這裡到底要做什麼？」

雪諾像隻跟在母鴨後面的小鴨般跟著我，而我有點自暴自棄地對這樣的她大吼：

「事到如今哪有時間跑到大門那裡去啊，當然是直接從這裡攻擊！……妳還要抓我的手抓到什麼時候啊，我不會逃了啦，該放開了吧！」

「啊……！」

聽我這麼說，雪諾連忙放開手，望著我的破壞行動。

「六號大人！我不知道你想做什麼，不過你愛怎樣就怎樣吧！現在的你非常帥氣！」

望著我的破壞行動，緹莉絲不知為何開心地大喊。

正當我為了方便狙擊而破壞遮蔽物時，愛麗絲對我大吼：

「……喂，這是怎麼回事，點數不夠啊！我明明確實留了超過兩百點才對，這樣要申請步槍會剛好差一點點。你把點數用到哪裡去了！」

啊……

「呃呃，這個嘛，該怎麼說呢……不是啦，妳也知道這裡的娛樂很少對吧？所以，我昨天晚上……就、就是……妳懂吧？」

「你申請了什麼鬼東西啊！你該不會真的用重要的點數申請了A書吧！在戰爭前一天晚上這種非常時期，你真的申請了那種東西嗎！」

一針見血啊！

「我、我也沒辦法啊，半夜一時忍不住……！誰教這裡沒有便利商店！」

「怎、怎麼了！有什麼問題嗎？」

雪諾這麼問，愛麗絲便像個人類一樣嘆了口氣。

「這個傢伙在最後關頭還是個丑角……沒辦法了，事態緊急。喂六號。」

「有。」

愛麗絲伸出手指指著樓下。

「你去樓下，找那個明明派不上用場卻坐在王位上頤指氣使的國王陛下，揍他一拳再回來。」

「我去去就回。」

「不准去！」

「住手！父王陛下是無辜的吧！雪諾，阻止他們兩位！」

我對著為了阻止我而拉住我不放的兩人說：

「喂，夠了喔，快放手，這麼做是有必要的！我可不是為了搞笑才這麼做！」

聽我這麼說，雪諾放開手。

「……只要找個人揍就可以了嗎？」

說完，她注視著我的臉。

「啊？是啊，也不見得要揍人，是要做會引起對方反感的事情……」

「……我知道了。」

說完，雪諾閉上眼睛。

「揍我吧。」

「…………………………啊？」

這個傢伙沒頭沒腦的說什麼啊。

「揍、揍我吧！……我不是很清楚，不過你必須這麼做對吧！那就揍我吧！不然就……如果要做會引起我的反感的事情的話，看、看你是要揉我的胸部還是怎樣都隨你高興！」

滿臉通紅的雪諾這麼說，讓在場的人都靜默不語。

「不、不是這樣吧……妳、妳突然說這個……」

正當我不知如何是好時，愛麗絲對我低語。

「動手吧六號，沒時間了！如果揍她會讓你有抗拒感的話，看你要對胸部還是嘴唇還是哪裡動手都可以啦！」

「可、可是這樣，妳、妳這個……」

愛麗絲推著我的背，把我推到雪諾跟前。

雪諾的臉色依然紅到不能再紅，緊緊閉著眼睛，一步也沒有動。

我把手放到雪諾的雙肩上，依然閉著眼睛的她抖了一下。

而緹莉絲也紅著臉，屏息注視著這一切。

「……真、真的要動手了嗎！難道，這是要親下去了嗎！」

緹莉絲舉起雙手蓋在臉上一副不應該再看下去的樣子，卻還是一邊這麼說，一邊從指縫緊緊盯著我們。

這是怎樣，在這種命懸一線的緊急時刻，為什麼會冒出這種超展開啊？

「動手啊六號！猛下去就對了！趕快親下去然後順勢連舌頭都伸進去也沒關係！快點動手啊軟腳蝦！快點！」

愛麗絲在我背後吵個不停，還有我自己的心跳聲也很吵，啊啊怎麼辦我該怎麼做，應該說緹莉絲為什麼看得目不轉睛啊妳是公主耶小色鬼，雪諾也稍微動一下吧，應該說事情到底為什麼會變成這樣啊真的是喔不對我得快點動手才行又不是國中生不過就是親一下嘛不對等一下這樣有辦法增加點數嗎這個狀況應該算是雙方你情我願吧啊啊啊啊我開始搞不清楚狀況了不對這個狀況肯定親下去也不會增加點數就算揉胸部能得到的頂多也是她輕輕「嗯……」一聲啊啊啊啊啊啊啊啊到底該怎麼辦啊啊啊啊啊啊啊啊啊啊啊啊啊啊啊

「啊啊啊啊啊啊啊啊啊啊啊啊啊啊啊啊啊啊啊啊啊啊啊啊——！」

感覺到腦袋裡面好像有什麼東西斷線的我，在那個瞬間把某個東西一口氣拉到底。

那就是，雪諾的內褲。

我把手伸進雪諾的裙子裡面，把她的內褲拉到腳踝。

在場的所有人。

不對，不只是人類，就連不需要改變表情的愛麗絲，也目瞪口呆地停止動作。

大家這個時候的表情，我大概一輩子都忘不了了吧。

《惡行點數增加。》

7

「妳夠了沒，快放開！可惡，煩死了！喂海涅，快想辦法幫我把這個傢伙拉開！她咬著我的肩膀不肯放！」

蘿絲用雙手雙腳緊緊抓著加達爾堪德的手臂，咬著他不肯放，而加達爾堪德一邊甩動這樣的她，還將她摔在地面上，一邊大聲怒吼。

「你再忍耐一下！我這邊馬上就可以解決掉了。喂，邪神崇拜者！妳的詛咒需要代價對吧？因為從剛才開始，妳每次發動詛咒的時候，那些戒指就會變少！看起來已經所剩不多了嘛。憑妳們是對付不了我們的，還是快點把六號……」

在海涅的話說到一半，將掌心對準我的同時。

魔像的上半身突然被粉碎，坐在魔像肩上的海涅也摔到地面上。

在場的大家都不知道到底發生了什麼事，接著隔了一拍，遠方傳來一聲巨響。

「啥……啥啥啥啥……」

正當一屁股摔在地上的海涅一臉茫然時，另外一尊魔像的上半身也遭到擊碎。

「這是怎樣！海涅，這是什麼情況！……喂，妳該放嘴了喔！」

加達爾堪德一邊將蘿絲從手臂上扯下來，一邊這麼問海涅。

「我不知道，我不知道啊，這種……這種……」

又有一尊魔像碎成一塊一塊，而且稍後才聽見聲響。

那一定是從遠處傳來的吧。

一定是有人從非常遠的地方，遠到連聲音都會慢一拍的地方發動攻擊吧。

「總之這裡很危險！所有人暫時飛上空中！然後盡可能快速盤旋！」

加達爾堪德一面做出指示，一面飛上天，海涅也叫來原本在天上盤旋的獅鷲，連忙跳到牠的背上。

在此同時又有一尊魔像遭到粉碎，聲響又慢了一拍。

「加達爾堪德，是城堡！攻擊是來自城堡的頂端！」

「……啥！從那麼遠的地方到底是怎麼攻擊的啊！」

在加達爾堪德如此吼叫的同時，第五尊魔像也變成碎片了。

加達爾堪德見狀，驚訝到說不出話來。

「……加達爾堪德，你的部下既能夠飛，戰力也很強。集合幾隻最強的過來！城堡那裡有強敵，我們直接從空中殺過去！」

「……喂，你們幾個跟我來！海涅說要直接闖進城裡，咱們去大開殺戒！」

海涅和加達爾堪德直接從空中飛向城堡去了。

在這個瞬間第六尊魔像也變成碎片，只剩下最後一尊了。

「……跑掉了耶。」

「……跑掉了耶。不過，隊長應該會想辦法解決掉他們吧。」

我輕聲這麼說，並且對蘿絲微微一笑。

「……真的嗎？隊長真的不會逃跑，還會想辦法解決掉他們嗎？」

「…………………大、大概吧。」

終於，連最後一尊魔像也遭到擊碎，附近的士兵們紛紛高聲歡呼。

「好厲害喔……這是隊長幹的好事對吧？身為合成獸的我說這種話好像也怪怪的，不過隊長到底是什麼東西啊？」

「他真的是個很不可思議的人呢……不過，現在還有更重要的事情要做。」

我環顧包圍在自己四周的大量魔物。

即使魔像和四天王都不在了，對方依然是壓倒性的多數。

試圖保護我的士兵們和魔物之間的距離一點一點縮短。

蘿絲見狀，出聲威嚇：

「呼哈——！」

魔物們略顯害怕，但還是繼續拉近距離……

「呵呵呵呵呵……」

我露出陰沉的笑容，自己推動輪椅來到魔物們前方。

「啊哈哈哈哈哈！世上的所有生命，總有一天都得回歸虛無……不過，我是超越死亡與毀滅的存在，偉大的澤納利斯大人的信徒兼大司教！吾乃格琳．格里莫瓦。來吧，不怕死的人都過來吧。吾要將詛咒之真髓，烙印在你們的眼中！」

聽我突然唸出這番台詞，身旁的蘿絲瞪大了眼睛。

「妳怎麼突然發作了啊！應該說，那是哪來的台詞啊！」

「平常像是在晚上的時候我總是一個人閒得發慌，所以先想好以備這種時候可以用。」

「這是怎樣，太奸詐了吧！我、我也要……這種時候最應該說些更帥氣的台詞，而不是爺爺留下的那些中二遺言……！我想想，吾乃蘿絲！……然後……然後……」

正當蘿絲有一句沒一句地羅列著類似台詞的東西時，在她身旁的我將所剩不多的用來獻給神的祭品秀給魔物們看。

「好了，你們就好好親身體會一下不死與災禍之神的力量吧！」

「哇啊——！」

8

「呼哈哈哈哈哈哈！開無雙啦！我根本開無雙了啊！魔王軍那些傢伙未免太不堪一擊了吧！」

在槍聲大作的同時，遠離這裡的魔像就地遭到粉碎。

應該說，現在已經暗到我無法看見有沒有成功破壞就是了。

「喂，你笑什麼笑，不准用力，這樣我要怎麼瞄準啊。」

聽愛麗絲這麼說，我放鬆力量，她便從前端幫我微調槍身。

「好，開槍。」

槍聲響起。

同時又有一尊魔像遭到粉碎。

在這麼陰暗的環境當中，而且距離又這麼遠，我並沒有足以命中魔像的狙擊技術。

所以，我把瞄準的工作交給高性能到好像連夜視功能都有的愛麗絲，我只負責扣下步槍的扳機。

「……好、好厲害……應該說，你為什麼之前都不用這個東西呢？只要有這個，之前的戰鬥應該也可以贏得更輕鬆才對。」

聽緹莉絲這麼說。

「我是那種在打電動的時候，即使收集了一堆可以換到好道具的徽章之類的東西，也遲遲不肯換成獎品，一直珍藏到最後的人。」

「所以你才會一直無法掌握機會，更完全升不了官啦。好，開槍。」

槍聲響起。

我的身體承受著反器材步槍的沉重後座力。

「……每開一槍，我就像是被揍了一拳一樣痛耶。」

我輕聲這麼嘀咕。

「囉嗦，去死。」

轉過頭去，抱著膝蓋坐在地上的雪諾便如此嗆聲。

「……妳明明就說要怎樣隨我高興不是嗎？」

「囉嗦，去死。」

「……好，開槍。」

隨著槍響，最後一尊魔像也遭到破壞了。

「好，這樣戰況應該比較輕鬆了吧？」

「囉嗦，去死。」

「應該還有那兩個四天王在，但是不見蹤影……不，等一下，難不成是飛在天上的那個嗎？如果是我自己直接開槍的話也就算了，要射擊飛在空中的不穩定目標，用這種交給你開槍的方式應該射不中吧。」

「話雖如此，要是孱弱的妳拿反器材步槍開槍的話，應該會有零件直接掉下來吧。」

「囉嗦，去死。」

在露台上看著四天王的愛麗絲大聲叫了出來：

「……喂……喂！他們往這邊過來了，直接朝這裡前進！所有人趕緊進房間去！」

騎著獅鷲的海涅，還有加達爾堪德跟其他魔物，勢如破竹地朝我們這邊滑翔而來。

我扛起步槍，拉著依然抱著膝蓋不肯動的雪諾的手衝進房間裡。

「妳夠了喔，我又沒有看見底下的東西！不過就是把妳的內褲拉下來而已嘛！」

「囉嗦，去死。」

隨著玻璃破碎的嘈雜聲響，獅鷲和魔物們闖了進來！

「——你在這裡啊六號！我要殺了你！敢逗我耍我戲弄我到這種地步的傢伙，你還是第一個！在來到這個城鎮的路上炸飛我們眾多魔物的也是你對吧！還有，在我的眼前破壞我的魔導石的也是！」

在闖進來的十多隻魔物們發出噁心的怪叫時，怒不可抑的海涅如此大呼小叫。

「我還以為是在哪裡看過這張臉呢，原來是那個小心翼翼地抱著女人的屍體哭喊的傢伙啊！那具屍體你有沒有好好安葬啊？還是依依不捨地拿來姦屍啦？對了，你破壞了我的魔像是吧？接下來我要對你做的事情，會讓你覺得自己拿刀刺進喉嚨一死百了還比較好喔。我心地善良，不會阻止你自殺。想死的話我可以等你兩秒，你就儘管去死吧！要開始倒數嘍！二！一……」

在加達爾堪德說完他的片面之詞開始倒數的瞬間，我拿好扛在肩上的步槍直接開噴。

或許是察覺到危險了，加達爾堪德在我剛把槍口對準他的時候就跳開，他身後的魔物接著被轟成碎片。

擊碎魔物的子彈繼續往前飛，在房間的牆上開了一個大洞。

看見這一幕，剛才還在怪叫的魔物們變得鴉雀無聲。

愛麗絲舉著散彈槍站在我右後方的位置，左後方則是拔出劍拎在手上的雪諾。

而緹莉絲站在這樣的我們背後，帶著堅定不移的態度看顧著我們，一點都沒有要逃的意思。

「發生什麼事了！」

或許是在聽見魔物闖進來的聲音了吧，士兵們從門外這麼問，於是雪諾將視線維持在魔物身上如此吶喊：

「魔物來犯！你們去保護陛下！」

聽著他們的交談，加達爾堪德打趣似的吹了個口哨。

「……喂喂，你手上的武器未免太危險了吧？你拿著那個對準我的時候，我不知怎地覺得背脊發涼呢。那到底是什麼東西啊？」

我的視線沒有從加達爾堪德身上移開，將子彈裝進單發式的步槍當中。

「……這個叫作反器材步槍，是一種從遠方也可以宰掉你這種看起來就很硬的傢伙的優秀武器……順便告訴你這個腦袋看起來不太靈光的傢伙，你剛才提到的那個女人還活得好好的。你剛才也見過她吧，是有多健忘啊！自以為已經殺掉她了還自信滿滿地挑釁我？這個傢伙渾身三流壞蛋的臭味啊！」

聽了我的挑釁，原本還在傻笑的加達爾堪德臉上的表情消失了。

「……你這個傢伙就那麼想死嗎？好啊，那麼……」

「那我就如你所願殺了你！你想說的是這句對吧，那種老掉牙的台詞我早就聽膩了！如果你不想像當時對格琳下毒手的時候一樣，被這個傢伙轟到腦袋搬家的話，就帶著在外面萬頭鑽動的魔物們快點滾回去！」

說著，我晃啊晃地搖動槍口，加達爾堪德便壓低重心，進入備戰狀態。

「……喂，你們幾個，那種武器應該無法連續使用才對。攻擊之後一定會出現破綻。否則他早就把我們全部轟成絞肉了。聽好了，咱們縮短距離同時撲上去。任何一個被殺掉了也不用理會，繼續上，一定要讓那個傢伙斷氣。」

這個傢伙，長成那副德性，塊頭那麼大，看不出來腦袋還挺靈光的耶！

「六號，小嘍囉由我對付。你想辦法處理四天王。」

「妳這個傢伙這麼快就不叫我隊長啦，內褲那件事妳還要記恨到什麼時候啊？應該說妳退下吧，接下來讓妳見識一下隊長我有多厲害。喂愛麗絲！叫她們傳送R鋸劍過來！」

「……啥？你這個傢伙知不知道自己在說什麼啊？你已經……」

愛麗絲的話還沒說完，魔物們已經開始行動了。

「六號，就算是我也還對付得了其他魔物！應該多少可以幫到你的忙才對！」

雪諾頑固地如此堅持，站到我身邊來。

原本還以為她變得老實點了，結果就連這種時候都是個固執的女人。

圍著我和雪諾的魔物們縮小了包圍網，海涅在手上燃起火焰。

大概是因為身體太大了吧，只有獅鷲進不了房間，在露台上待命。

「愛麗絲，快點！快點申請！」

聽我拚命呼喊，愛麗絲放下散彈槍，在便條上振筆疾書。

「你之後會怎樣我可不管喔！」

愛麗絲的叫聲成了契機，魔物們同時撲了過來。

我舉槍指向加達爾堪德，但他和其他魔物一樣往旁邊跳開，沒有直接朝我攻來。

我改變策略，朝附近的魔物開槍，解決了牠。

大概是抓準了這個空檔，一個火球朝我飛來。

魔物的利爪擦過戰鬥服的表面，迸出火花。

我踢開準備撲向我的一隻魔物，利用反作用力躲過朝我射來的第二顆火球時，另一隻魔物抓住了我的槍身。

接著又有兩隻魔物從側邊襲擊而來。

「六號，頭縮起來！」

我反射性地遵照聲音的指示行動之後，立刻有東西從我頭上掠過。

我抬頭一看，發現兩隻魔物臉上中劍，放聲慘叫，畏縮不前。

「妳、妳這個傢伙有沒有想過要是我反應不及的話會怎樣啊！」

差點沒哭出來的我對雪諾抗議，這時愛麗絲大喊：

「要來了！六號，準備接住！」

眼前的空間竄過藍白色的靜電。

靜電平息之後，一把熟悉的武器出現在我的眼前。

我放開槍身依然被抓著的步槍，以雙手接住出現在空中的武器。

迅速啟動那把武器之後，我砍向依然抓著步槍的魔物。

那個傢伙試圖以手上的步槍擋下我的攻擊。

不過，高速震動的刀刃切割堅硬金屬的聲音響起。

隨著這個聲響，試圖接下攻擊的魔物連同步槍一起被砍成兩半。

「……喂，你……那、那是什麼啊……你剛才……是從哪裡拿出那個東西來的……」

丟下這麼說完便呆若木雞的加達爾堪德，原本打算包圍我的魔物們看見倒下的同伴紛紛後退。

「這個呢，叫作反裝甲車切割用振動鋸劍R型，是一款名稱冗長到不行的切割機。是想要對你這種小嘍囉庖丁解牛的時候用的武器。」

我一面回答加達爾堪德，一面以雙手舉起號稱什麼都切得斷的鏈鋸，俗稱R鋸劍的武器。

其中的原理我不是很清楚，總之是靠引擎使刀刃高速振動，無論是坦克還是什麼，任何堅硬的東西都可以像切菜切瓜一樣切開，在如月公司引以為傲的武器當中也是我特別喜歡的一種優秀貨色。

我將R鋸劍的外部連接器，插進戰鬥服的終端機上。

如此一來，可以讓R鋸劍額外得到戰鬥服的動力。

雖然只能維持僅僅一分鐘，不過這可是我用來葬送了眾多英雄的壓箱絕技。

——這樣我就不會輸了。

「限制解除！」

我出聲這麼說，語音便在我的腦中響起。

《即將解除戰鬥服的安全裝置。確定嗎？》

「喂六號，這是你之前對付魔像的時候用的那招對吧！現在有這麼多魔物，還有兩個敵軍幹部啊！那招……」

在雪諾如此驚呼時。

「我接受。」

我如此回答，語音便繼續響起。

《一旦解除安全裝置，在進行一分鐘的限制解除行動之後，必須花費大約三分鐘的時間進行冷卻。真的確定嗎？》

「愛麗絲！妳也阻止六號吧！這種事情不是一向都是妳負責的嗎？」

雪諾依然這麼呼喊。

「請解除。」

對我的聲音做出反應，腦內語音開始倒數。

《即將解除安全裝置。如需取消請在倒數階段當中高喊取消。十……九……》

在所有人都停留在原地無法動彈的房間內。

「戰鬥員六號————————！」

愛麗絲舉起散彈槍指著作勢要對我丟出火球的海涅，吶喊聲響徹整個房間。

《六……五……》

聽著不斷倒數的語音，我瞄了她一眼。

「幹掉他們！」

我的搭檔豎起拇指，明明是個仿生機器人，卻露出燦爛的笑容對我這麼說。

《——戰鬥服的安全裝置已經解除。》

「我是祕密結社如月的員工，戰鬥員六號！邪惡組織不需要兩個，你這混帳就給我在這裡消失吧！」

「放馬過來啊人類——！看我敲碎你拿去餵食人魔！」

大概是等到不耐煩了吧，縱身一躍衝向我的加達爾堪德舉起狼牙棒一揮，而我也將速度提升至極限攻向他！

「雪諾，妳退下！我要用必殺技宰掉這個傢伙！」

揮落的狼牙棒和Ｒ鋸劍兩相交錯。

「！」

將加達爾堪德手上的狼牙棒輕而易舉地攔腰切斷之後，我揮動的鋸劍依然沒有減弱威力。

「等……喂，等一下！」

鋸劍順勢畫了一個圈，再次砍向加達爾堪德。

有話想說的加達爾堪德慌張地向前伸出的右手飛上了天。

「唔，喂，六號！必殺技是什麼！你好好看清楚四周……」

聽著雪諾焦急地如此大喊。

「咦？加達爾堪德！喂！你們所有人，快點離開那個男人！快逃——！」

我以自己為軸心旋轉，以劍揮砍映入眼中的所有東西！

「嗚……嗚啊啊啊啊——！啊啊啊啊啊！哇啊啊啊啊啊啊啊啊啊！」

看著自己的同伴被Ｒ鋸劍絞進來變成碎肉的光景，海涅放聲慘叫。

由於我正在高速揮掃，看不清楚映入眼中的到底是誰。

「等等，六號……住手……！連我也會死…………！」

我只看見會動的東西，黑色的東西。

「噫——！」

就連這是誰的慘叫都不太確定，我只是見一個砍一個，將在場的所有東西全都切割成碎片。

——到了戰鬥服的冷卻時間開始，我變得無法動彈的時候。

現場只剩下原本是加達爾堪德和他的部下的東西散落一地。

「啊啊……啊哇哇哇哇…………呼哇哇哇哇哇哇……」

我在房間的一角看見腿軟的海涅癱坐在地上。

「……嗚嗚……」

緹莉絲坐在我後方虛脫無力。

「辛苦啦——」

早一步躲到牆邊避難的愛麗絲氣定神閒地如此慰勞我。

「…………………」

雪諾則是在我身旁，額頭貼在地毯上，雙手抱著頭，像隻烏龜一樣縮成一團。

這時，淚眼汪汪的雪諾發現室內安靜了下來，便戰戰兢兢地抬起頭來觀察狀況，正好和我對上了眼。

「……你……你你……你、你這個……你這個傢伙！六號，你這個傢伙是怎樣啊……！我還以為自己會死掉……！我真的以為自己會被你殺掉！你看看這個慘狀！要是一個沒弄好，我也會變成那樣耶！」

「所以我不是說了嗎，我要用必殺技，妳快退下。」

「……下次至少在出招之前十秒左右告訴我……」

淚眼汪汪地吸著鼻子站了起來的雪諾，將視線投向依然癱坐在地上的海涅。

「……所以，這個傢伙要如何處置？用剛才那招剁成絞肉嗎？」

「噫！」

雪諾不經意地這麼說，讓海涅臉色發白，眼中泛淚。

還說什麼剛才那招，我現在連動都不能動耶。

不過，現在的海涅似乎沒有餘力想到這件事。

「也是，我們也沒有什麼理由讓她活著離開嘛……」

愛麗絲拿著散彈槍進行毫無意義的上膛動作，以滑動槍機的聲響嚇唬海涅。

「啊……啊啊……」

看著淚眼汪汪地縮在房間角落發抖的海涅，我想到一件事。

「喂，海涅。」

「是！」

聽見我突然叫她，海涅以拔高的聲音回應。

「我放妳一馬。」

整個房間陷入一片寂靜。

「……嗚……嗚嗚……嗚咽…………」

不知為何，海涅突然哭了出來。

「唔，喂，妳在哭什麼啊！」

「……六、六號大人……雖然對方是魔物，不過……還請你別做出太過分的事情……」

「……雖、雖然很可憐，不過這也是無可奈何的事情。炎之海涅，妳就當作是挑錯對手了，該怎麼說呢，乖乖死心吧……」

「妳們兩個，看來我們需要好好聊一下。除了要放她一馬之外我什麼都還沒說耶。」

平日所作所為真的很重要呢。

「不然六號，你打算平白放這個傢伙回去嗎？」

「怎麼可能。」

聽見我不假思索地如此回答愛麗絲，海涅露出絕望的表情。

「我不會做什麼太誇張的事情，別擺那個臉！喂，別這樣喔！我什麼都還沒做幹嘛搞得好像我是個大壞蛋一樣！要擺那個臉也等我真的做了什麼再擺好嗎！」

「……那、那麼……我應該做些什麼呢……？」

我對戰戰兢兢的海涅說：

「咱們停戰吧，大概一個月左右。這就是我放妳一馬的條件。如果妳願意接受，今天就可以帶部下回去了。」

說完，我對她笑了一下。

9

「……提出停戰當條件真的可以嗎？」

騎著獅鷲的海涅帶領大量的魔物撤出城鎮，而目送著這樣的她，雪諾喃喃這麼說。

「可以啦，只要撐得了一個月就夠了。我有我的打算……不過，還真的搞定了呢。喂，從今天開始，妳們在叫我的時候要稱呼我為六號先生。每天都要記得感謝我喔，我說真的。我這次的表現就是活躍到這種地步吧。尤其是雪諾，妳說好願意為我做任何事情對吧。等一下要怎樣妳應該知道吧。現在就去洗澡，好好把全身上下都洗乾淨喔。」

「……對了，我還得下樓去慰勞各位努力奮戰的士兵才行！」

「喂六號，我有事情要和你商量，等你有辦法動了之後到樓下來。」

我都那麼說了，緹莉絲和愛麗絲還是這麼說完就離開。

「……我一點都不覺得失落啦。這種狀況我已經很習慣了。就算只剩下雪諾一個人也沒關係。」

被留在房間裡的我如此自言自語。

「……那個……六號。不，隊、隊長……我知道說這種話很自私，不過我有件事情想拜託你……」

而雪諾難得以溫柔婉約的語氣這麼說，原地蹲了下去，撿起掉在地上的某個東西。

「就是……我還是想繼續當騎士，還不想從獨角獸背上下來……我知道，自己說這種話有多麼厚臉皮又任性……」

然後就那麼用雙手捧著她撿起來的東西，靠近無法動彈的我。

那個東西是…………

加達爾堪德的頭。

「……抱歉，隊長。我當然不會逼你非接受不可。這只是我的請求……」

「喂住手，妳為什麼要把那種東西拿在手上，為什麼要拿著那個靠近我？」

雪諾歉疚地皺著眉頭說：

「拜託你，就是……同床共枕這件事，能不能請你暫時先放過我一次……」

「住手——！妳想怎樣啊，就算是敵人的屍體也不應該拿來玩吧！住手，太近了！很恐怖，很恐怖耶！加達爾堪德的臉超恐怖！我知道了，我聽妳的就是了！反正已經不重要了！妳欠我什麼，答應了我什麼都不重要了！喂太近了，我都快要親到加達爾堪德了！」

見雪諾在聽到我這麼說之後便拋開加達爾堪德的頭，我開始對她發洩不滿。

「妳這個臭婆娘——！我早就知道事情會變成這樣了！阿斯塔蒂大人也好，妳也罷，女人老是這樣，只有在自己需要的時候巧妙地利用我，到了該付報酬的時候就哭著蒙混過關！白——痴、白——痴！打從我一開始見到妳的時候就看妳不爽了！還是趕快把我丟在這裡，去找大家……」

正當我連珠炮似的罵個沒完的時候，一個柔軟的東西輕輕堵住了我的嘴。

雪諾用自己的唇貼了過來。

她紅著臉對無法動彈又無話可說的我說：

「抱歉，現在……只能先這樣了……」

面對這突如其來的狀況，我什麼話都說不出來。

「我、我並不討厭你對我的好感……你說想要和我發生關係，老實說，我也不是覺得不高興……但是，我到底是喜歡你還是討厭你，我自己也還不是很清楚。不過……」

雪諾白皙的肌膚微微泛紅。

「和當初剛遇見你的時候相比，我已經不那麼討厭你了。現在我還不是很清楚……不過，今後我會慢慢思考自己對你的感覺……」

輕輕露出溫柔的微笑。

…………？

「妳從剛才開始到底在說什麼啊？妳怎麼會覺得我喜歡妳呢，是怎樣啊別嚇我。」

…………

「……咦？」

「妳那是什麼反應，我說妳怎麼會覺得我喜歡妳啊。我可不記得自己曾經說過自己喜歡妳喔。」

聽我這麼說，雪諾露出一臉聽不懂我是什麼意思的表情。

「……可、可是，你不是說想和我同床共枕……」

「我的意思是妳的長相和身材還挺符合我的喜好，所以想和妳來場不須多牽扯的一夜情啦，別讓我說得這麼明白好嗎，怪不好意思的。應該說，我才不想和妳這種暴躁易怒的傢伙交往呢。動不動就生氣亂揮劍，滿腦子只想著升官又貪財，妳到底有那裡值得喜歡了。話又說回來，妳居然只用一個吻就想蒙混過關……」

說到這裡，我赫然驚覺情況不對。

「呼啊啊……啊啊啊啊……啊啊啊啊……」

滿臉通紅的雪諾眼中泛淚，緩緩吸著氣。

簡直像是想要把氣吞進丹田裡似的。

就像是即將嚎啕大哭的小孩子，接下來準備讓感情爆發出來的狀態似的。

雪諾將不住顫抖的手，朝腰際的劍上伸了過去。

「……冷靜一點，有話好說。妳看，我現在動不了對吧？要是妳發脾氣砍了過來，我肯定會死掉喔。」

「呼啊啊啊……啊啊啊啊…………啊啊啊啊……」

聽我這麼說，雪諾大概是想通了在這種時候任感情爆發的話會怎樣吧，她似乎想要試圖忍耐，整個人抖個不停。

但是，她的手還是慢慢地，慢慢地放到劍柄上……

「妳要忍耐啊雪諾，我也有不對的地方，我說得太過分了。不過，妳讓我努力做了這麼多卻害死我的話，日後妳一定會後悔不已喔。乖，妳是個有耐性的女孩，是肯努力的女孩！慢慢吐氣，同時冷靜地數質數。」

「唔……一……三……唔唔唔五……七……」

《冷卻結束。歡迎使用戰鬥服的功能。》

我全力衝了出去，雪諾便哭著追了上來。

「嗚哇啊啊啊啊啊啊啊啊啊啊啊！啊啊啊啊啊啊啊啊啊啊啊啊啊啊啊啊啊啊啊啊啊——！」

聽著雪諾有如哭喊聲的吼叫的同時。

為了甩開直逼而來的狂戰士。

「限制解除！限制解除！」

我聲嘶力竭地如此吶喊——

「——好，這樣妳就沒得抱怨了吧。」

現在的時刻已經是即將來到深夜零時的時段。

既然魔王軍已經離開，我們也沒有理由待在這裡了。

「六號大人……辛苦你了。沒想到你居然願意為我們做這麼多。真的非常感謝。」

「如果妳真的那麼想的話應該多表示一點誠意才對吧。記得在這個國家的歷史的一頁上確實記錄我的功績，將我的名字流傳到後世喔。」

聽我這麼說，緹莉絲帶著靦腆的笑輕輕點頭。

原本還以為她是個黑心公主，卻又突然表現出老實的一面，讓我有點驚訝。

……不，這大概是因為度過了國家滅亡的危機暫時鬆了口氣，才表現出符合年齡的真面目吧？

她可能滿心想著自己必須好好表現才能夠代替駑鈍的國王，平常總是打腫臉充胖子。

而這樣的公主殿下欲言又止了好一陣子之後，終於怯生生地問道：

「……不好意思，六號大人。關於你是身負怎樣的任務來到這裡，我或多或少有些懂了，不過我還是要問……你願不願意，再次成為這個國家的騎士……」

對於緹莉絲的邀請，我搖了搖頭。

「嗯——不，我不想當騎士了。照顧一堆奇怪的部下，老實說挺累的。」

聽見我這麼回答，緹莉絲顯得有那麼一些失落，卻又露出無可奈何的苦笑，像是早就知道我的答案了似的。

而聽見我的發言，我的兩名前部下表示：

「奇怪的部下該不會是指我們吧！太過分了！就算對象是隊長，我也會毫不客氣地啃下去喔！」

「隊長都已經和我做過那麼特別的事情了，卻要丟下我嗎……？害我的身體變成這樣，難道你不用負責嗎！」

「唔，喂，閉嘴喔格琳，不要說那種會令人誤會的話好嗎，我只不過是送妳一張新輪椅又推著妳到處衝來衝去而已……好痛！喂蘿絲妳住嘴，算我不對就是了別啃我！別啃我！」

我把撲到我背上咬著我不放的蘿絲扯了下來，開始準備閃人。

「……………」

這時，雪諾默默站到我背後。

「……？怎樣啦，出個聲好嗎，站在那邊又什麼都不說很嚇人耶。」

即使我說的話這麼不中聽，雪諾還是保持沉默。

她可能還在為剛才的事情生氣吧。

「……喂，你再也不會來這裡了吧？」

我還以為她總算開了口是要說什麼，這個女人真的是……！

「妳是怎樣啊，用不著妳特地提醒我，就算妳們叫我來我也不會來啦！」

我像平常一樣嗆了回去，而雪諾還是忍氣吞聲。

「……你、你要回故鄉去嗎？」

「當然會回去啊。待在這裡誰知道某個凶婆娘會對我怎樣。而且，我們在這裡的目的大致上都已經完成了。」

雪諾微微低下頭。

「…………這樣啊。」

「……妳是怎麼了啊，從剛才開始就這樣，平常那個暴躁易怒的傢伙上哪去了？有話想說就快點說，之後愛麗絲還有事情找我呢。」

聽我這麼說，雪諾用力握起拳頭。

「……現、現在，我國由於今晚和魔王軍展開激戰，損失相當慘重。因此，我們正在尋找能夠指揮部隊的人，還有懂得戰鬥的人才。」

「……………所以說？」

她表現出一副猶豫著該不該說的樣子，之後又表示：

「……我已經不在乎你是何方神聖，也不管你的來歷了。如果你是因為不想照顧像我這種麻煩的部下才不願意當騎士的話，那麼……傭兵之類的……」

說到最後又虎頭蛇尾起來了。

看來，這個傢伙還相當在意之前趕我走呢。

「總而言之，妳們想要能夠成為戰力的人才對吧？」

「沒、沒錯。不過，我的意思也不是說只要戰力夠強的話任何人都無所謂……」

平常那個說話強勢又沒耐性的傢伙到底上哪去了。

……真是的，這個女人可以再麻煩再難搞一點啊。

難怪她會被降職去和那群麻煩人物混在一起。

這時，我忽然發現一件事。

在我的眼前，雪諾露出像是小狗在哀求不要丟掉我似的眼神。

不僅如此，我看了一下身邊，就連我的兩個前部下，甚至還有緹莉絲，都帶著暗藏期待的眼神看著我。

真是的，這些傢伙未免太麻煩太難搞了吧。

我的工作是戰鬥。

而這個行星上，還有許多戰場。

眼前這些傢伙想要能夠戰鬥的人。

既然如此，這種時候就該趁虛而入，該說的話也只有一句了吧。

我對著眼前的女人，斬釘截鐵地說了——

「——你們缺不缺戰鬥員啊？」

10

到了幾近深夜的時段。

我敲了敲某個男人的房門。

「……是誰？」

「我啦我啦。是我啦。」

聽我這麼說，男人毫無防備地開了門……

「怎麼，是吉爾嗎？還是石榴？我今天沒叫你們來吧，現在我正在忙……」

「喂！是我啊，我是六號啊大叔！」

話還沒說完的參謀大叔連忙關上門，但我將長靴的鞋尖塞進門縫裡。

「嗚啊啊啊啊啊啊啊！好痛好痛，我的腳啊啊啊啊啊。」

在參謀聽見我的慘叫又連忙打開門的瞬間，我便一臉若無其事地闖進他的房間，愛麗絲也從我身後跟了進來。

「你……你你、你們兩個想怎麼樣！不准擅自進我的房間！」

「……哦哦，不愧是參謀大人。這裡的東西看起來都相當昂貴呢……」

沒有理會怒形於色的參謀，我和愛麗絲觀察了一下這個房間。

「喂六號，我光是隨便看一下，這裡的擺飾品總金額都有上億吧。」

真的假的。

「……如果他把這裡的擺飾全部給我的話，我可能會放他一馬吧……」

「喂，你最好給我忍住喔。」

參謀似乎聽不懂我和愛麗絲在說什麼。

「你們兩個傢伙！都這麼晚了還來找我幹嘛！」

「喂喂，這和你平常那種謙和有禮過了頭的語氣不一樣吧。這才是你的本性嗎？」

「簡直是小壞蛋的範本。在公開場合和私底下的語氣不同。這個傢伙是沒特色的壞蛋的典範呢，六號。」

參謀一副在忍耐什麼的樣子，低下頭去。

「…………有何貴幹？」

「……也沒有啦，只是呢，雪諾告訴了我們很多事情。雪諾說大叔很討厭我們，還逼她刺探我們的來歷，諸如此類的。」

「嗯嗯。她還說你開條件要讓她升官，受到誘惑的她便來到六號的房間，湊巧聽到我們的對話，諸如此類的。她還因為這件事不斷向我們道歉呢。」

聽我們這麼說，參謀的臉色變得蒼白到不能再蒼白。

「……不、不是，那是……」

「應該沒有這種事情吧——？大叔在開會的時候還說我是英雄呢。」

聽我這樣幫他搭了台階，參謀頓時露出喜悅之色。

「是、是啊！那是當然了，六號大人可是我國的英雄！我怎麼可能會討厭像您這樣的貴人呢！」

「我想也是。一定是雪諾聽錯還是怎樣吧。」

聽愛麗絲這麼幫腔，他也點頭如搗蒜。

「是啊！是啊！一定是這樣！……不對，等一下喔。雪諾大人當時說了一句話。她說，想要砍了六號大人。那個女人原本是貧民窟出身的鄙俗之人。若非現在是戰爭時期，那個女孩頂多永遠當個士兵。現在湊巧讓她有機會升官，所以才讓她不守本分冒出逾矩的慾望吧。

她一定是想染指我的地位，才煽動六號大人，施謀略加害於我吧……！」

「真的假的！那個傢伙居然做出這麼過分的事情！這麼說來，不是有個叫蘿絲的傢伙嗎？那個傢伙為了遵守爺爺的遺言找那個什麼奇怪的石頭，在這裡以近乎做白工的狀態做牛做馬對吧？這招是誰想出來的啊？這麼完美的套路可不是隨便想得到的呢。」

「真要說的話，想到要把那群麻煩人物集合在一起，當成棄子清掉的計畫也很有效率。真不知道是誰想出來的計畫呢，佩服佩服。實在太了不起了。」

聽我們這麼說，參謀笑容滿面，看起來開心到不能再開心了。

「其實，那也是我想到的！緹莉絲殿下雖然在政務方面有所長，但畢竟是溫室裡的花朵，無法割捨不必要的人。所以我才這麼做，以減輕殿下的負擔。我的參謀頭銜可不是浪得虛名啊。哎呀，自己這樣說好像有點老王賣瓜，不過這個計畫確實相當盡善盡美……」

……………

「吶，愛麗絲，可以了吧？已經玩夠了吧？所以我一開始就說了啊，這個傢伙根本沒有挖角的價值。」

見我突然翻臉，參謀瞪大了眼睛。

「的確。我沒見過這個大叔也沒和他說過話，原本還以為說不定有機會呢。這個傢伙並不是壞蛋，只是個愛耍心機的卑鄙小人……你怎麼了六號，幹嘛壓著胸口？」

「沒、沒事，只是不知道為什麼，聽妳剛才那樣說讓我的胸口有點刺痛……」

在我壓著胸口這麼說的時候。

「……你、你們幹嘛突然說那種話啊！哪有人態度說變就變的……我不知道你們看我哪裡不爽，不過我道歉就是了，重要的是往後……」

參謀正在努力找藉口的時候，愛麗絲拿了一個東西敲在桌子上，讓他縮頭閉嘴。

她用來敲桌子的東西……

「這、這是什麼？」

是蓮藕。

「是蓮科的食物，具有各種藥效，相當優秀。」

「……然、然後呢？」

愛麗絲把沒有表情的臉孔湊到參謀面前。

「喂，你想要我把這根蓮藕種進你的屁眼裡是吧。」

「噫——！這、這個女孩說的是什麼話啊！媽、媽媽沒教妳不可以浪費食物嗎！」

愛麗絲雖然怎麼看都是小孩子，不過或許是受制於她身為邪惡組織成員所散發出來震撼力吧，參謀不住後退，表情扭曲。

「結束之後記得煮來吃就可以了吧？我吃不了東西，所以要處理這個東西的人會是你就是了。」

「妳……妳妳、妳說什麼啊……」

在參謀一點一點後退的時候，我拉著手上的東西的一部分用力一扯，發出尖銳的聲響。

「……那、那又是什麼……」

參謀似乎很在意我手上的東西，問我這是什麼。

「這個呢，是用來懲罰禿頭男人的武器。在少部分區域稱之為膠帶。」

「噫——！請、請你住手，你想怎樣，快住手！」

參謀其實好像很在意自己稀疏的頭頂，抱著頭如此懇求。

「用不著那麼擔心啦，這種武器用起來很簡單，只是貼到你頭上用力一撕而已。」

「住、住手！拜託你不要這樣！你要錢嗎！要錢的話我願意付！所以、所以請你們原諒我吧！」

愛麗絲把蓮藕拿回手上，沒有理會參謀的哀求，面無表情地把臉湊了過去。

「喂大叔，如果你自認是獨當一面的壞蛋的話……」

我用力拉開膠帶，接著愛麗絲的話說了下去。

「想要陷害別人的時候，就該有可能遭受反擊的覺悟……我是代替我可愛的部下們來回報你的。好了，要蓮藕還是要膠帶，你選哪一邊？」

聽見我這麼說，參謀露出又哭又笑的扭曲表情。

《惡行點數增加。》

——離開參謀的房間之後，我們走回祕密基地拿行李。

「……話說回來，六號。以你這個蠢蛋而言，這次倒是想得相當周到嘛。」

愛麗絲忽然這麼說。

「嗯？什麼東西周不周到來著？還有，蠢蛋兩個字是多餘的。」

我不知道她在說什麼，所以如此反問。

「……你不是想好才那麼做的嗎？以各種層面而言。」

「……？」

我還是聽不懂她在說什麼。

「你和雪諾說好了對吧？說好要當約聘戰鬥員。」

「喔喔，妳是說那個啊。只是在回日本之前的這段期間內而已啦。不過，這個國家和魔王軍會休戰一個月，所以搞不好不用戰鬥任何一次就可以回去了。這個和我想得周不周到有什麼關係？」

明明是個仿生機器人，愛麗絲卻翻了翻白眼。

「……你看一下自己現在的惡行點數吧。」

……一百九十點。

「……奇怪了？點數好像變多了耶。這是怎樣？我只有拉雪諾的內褲和欺負參謀而已，累積的點數怎麼會這麼多啊？」

「你仔細看。點數旁邊應該還有別的東西吧。」

我看了個仔細。

…………………是負一百九十點。

「這是怎樣？」

「還問喔。明明就是你在點數完全不夠的狀態下叫我申請R鋸劍的吧。」

！

「你現在的點數是負的，所以要是就這樣大搖大擺地跑回日本，也會馬上就被制裁部隊逮住，因應你的負點整治你。」

我們的組織有個制裁部隊。

在正常狀況下，惡行點數不會被亂扣。

不過，如果做了過度的善事，或是做出有損邪惡組織知名的行為，就有可能被扣除點數。

當合計的惡行點數達到負值的時候……

「……我聽說，制裁的內容非常可怕。」

「好像是。聽說還有人回來之後人格都變了。」

……怎怎怎、怎麼辦！

「愛麗絲！我不想回日本！」

被我用力搖晃的愛麗絲帶著一種在看珍禽異獸似的饒富興味的表情說：

「原來你之前那麼做的時候真的完全沒在想啊……聽好了，六號。你就這樣繼續留在這裡，即使傳送機的傳送空間穩定下來能夠回日本之後，也要繼續當個約聘戰鬥員。等到賺夠了，點數翻正了再回去。」

「就這麼辦！不過，等傳送機穩定下來需要一個月，有這麼多時間也夠我賺到足以翻正的點數了吧。」

沒錯，我之前才在短期間內賺了超出目前負點的點數。

「你是不是忘記自己已經被通緝了啊，拉鍊俠。你現在形同緩刑期間喔。」

啊！

「聽好了，這次的報告由我來寫。你為什麼還沒有辦法回去，我也會幫你編一個好理由。在你存夠點數之前，我也會留在這裡陪你。」

「愛麗絲大人——！」

被我巴住的愛麗絲像是在哄小孩似的拍了拍我的頭。

「我都知道，所以你好好想該怎麼盡快存到點數吧。」

「包在我身上吧好搭檔！我馬上去找我的隊員們把她們剝成精光，總之就先從這招著手吧！」

說完，我轉身背對她。

「嗚、喂，你不是認真的吧。應該說你幹嘛叫我搭檔。我是支援型仿生機器人……」

愛麗絲似乎有話想說，但我已經為了累積點數而衝了出去……！

「……搭檔是吧。」

總覺得我好像聽到她輕聲這麼自言自語，聽起來並不怎麼討厭的樣子。

尾聲

「……這是什麼？」

看過報告的阿斯塔蒂狐疑地問了莉莉絲。

「是愛麗絲的提議。我覺得非常有道理又很完美。」

聽莉莉絲開心地這麼說，阿斯塔蒂扶額表示。

「這種計畫……這已經不是邪惡組織，而是正義使者會做的事情了吧……」

「不不不，這樣一來在征服地球之後，戰鬥員們也暫時不怕沒工作了。我覺得這個提議還不錯啊。放心吧，等到把那個經常出現在報告當中的同業組織趕出去之後，到時候再正式侵略這個行星就可以了。在那之前，我們還可以一邊派戰鬥員過去，一邊慢慢推動地球的統治工作。」

對於莉莉絲的提議。

「……也只好這樣了。反正征服地球的工作也因為抵抗勢力出乎意料地能撐，所需時間可能會比預期的還要久。話說回來……」

阿斯塔蒂看向會議室的一角。

在她的視線前方……

「戰鬥員F十八號！戰鬥員F十九號！你們知道自己為什麼會被叫來這裡吧！」

「請等一下彼列大人！這次是勇者先動手的！我只是努力在做壞事，結果這個男人就跑來攪局！」

「你少胡說了，風之浮士德勒斯！你做的並不是壞事，只是一些卑鄙的輕犯罪罷了！彼列大人，我是想阻止這個傢伙失控！」

兩名男人正在對彼列辯解。

那兩個人，其中一個怎麼看都是怪人，另外一個反而散發著英雄特有的氣息。

「廢話少說，這並無法改變你們打架的事實，我們的組織禁止內部抗爭！還有，你們到底還要我說多少次！你不是勇者，是戰鬥員F十八號！你也不是風之什麼的，而是戰鬥員F十九號！你要是再繼續把勇者之類的詞彙掛在嘴邊，小心和那傢伙一樣變成無可救藥的那個喔！還有，想要冠上風之什麼的這種稱號等你當上幹部再說！你們聽懂了沒！」

「「遵、遵命！」」

兩名見習戰鬥員異口同聲地回話，並且敬禮。

「……吶，他們兩個是怎樣啊？一個身上有英雄的臭味，另一個又長得很像怪人。」

「他們啊?聽彼列說，他們突然出現在彼列家的院子裡，然後就那麼大打出手。於是，她就揍了那兩個人一頓，把他們帶來當見習戰鬥員了。根據那個F十九號的說詞，他原本是要帶著勇者轉移到炎之什麼人的身邊去，卻不知為何來到業火之彼列大人跟前……諸如此類的，都聽不懂他在說什麼。」

……

「那個孩子撿野貓野狗還不夠，終於連流浪英雄和流浪怪人都撿回來啦?……真是的，就連六號也說要留在那邊，大家到底在想什麼啊……」

「……畢竟，那邊因為戰爭的緣故，女性比例比較高。而且好像幾乎全部都是美少女。無論如何，我也想過去那邊。何況那個星球上有太多讓我很感興趣的東西，是個充滿浪漫的世界!」

說著，莉莉絲興奮不已地離開房間。

「……他、他會回來吧?他應該不會在當地找到女人，就說要在那裡永久居留吧?彼……彼列，我把報告放在這裡喔!吶，莉莉絲，六號會乖乖回來吧!」

阿斯塔蒂顯得相當驚慌地將手上的紙張放在桌上，便跟在莉莉絲身後走出去了。

【最終報告】

成功在當地獲得祕密基地。

隨時能夠迎接怪人和戰鬥員。

另外，基於本人的強烈要求，戰鬥員六號將暫時繼續在當地進行調查任務。

完成地球侵略後的戰鬥員工作不足問題，因為從六號身上得到的提示找到了解決之道。

關於工作不足的解決之道請參照附錄──戰鬥員派遣計畫。

另外，目前進行侵略似乎並非上策。

建議至少在擊退當地的同業之後再開始侵略。

現在，這個行星有高達八成是未開拓地，如同附錄所示，存在著許多神祕的古代遺跡以及大森林等等需要調查的地方。

另外亦可確認此地存在著凌駕於地球的科技水準之上的歐帕茲。

根據以上事項，我建議擬定謹慎的侵略計畫。以上是這次的最終報告。

【戰鬥員派遣計畫概要】

開發未開拓地，以及調查生態系。

殲滅同業組織「魔王軍」，或是瓦解、吸收其組織。

調查行星上的未確認歐帕茲及遺跡。

因應原住民的請求，接受驅除原生動物的委託。

由祕密結社如月接受以上任務，執行派遣戰鬥員業務。

另外，推薦深受原住民信賴的戰鬥員六號擔任當地分部長。

最終報告者　戰鬥員六號的搭檔，如月愛麗絲。

後記

初次見面的讀者幸會幸會。

我是疑似作家狀似尼特的某種人，名叫暁なつめ。

感謝您這次購買這本《戰鬥員派遣中！》。

這部作品是基於之前刊登在小說投稿網站「小説家になろう」的內容修改而成。

這是在另外一部作品《為美好的世界獻上祝福！》之前寫的故事，因為種種因素，這次得以出版了。

若要大略說明一下劇情，就是邪惡組織的基層戰鬥員被派遣偏鄉的故事。

這應該算是戰隊作品呢？還是科幻作品呢？又或是奇幻作品呢？

總之基本類型是喜劇就是了。

關於這部作品，終極目標並非打倒魔王獲得世界和平。

被送到未知行星的六號和他的搭檔愛麗絲，今後將以現代武器和超科技開拓這個行星的未開拓地，同時和魔王戰鬥、被當地的生物追殺，亦或是調查這個行星的謎團，要做的事情相當多樣化。

今後到底會如何發展，還請各位繼續追下去。

——這次為了推出這本書，我請某位作家老師看過原稿，還給了我很多意見，讓我獲得許多協助。

在此就不提名字了，不過相當感謝長月達平老師。

還有，以負責繪製美麗插圖的カカオ・ランタン老師為首，責任編輯、業務、美編和校閱，以及其他許多參與製作書籍工作的各位，真的非常感謝大家。

除了《為美好的世界獻上祝福！》系列以外，這部作品恐怕也會給各位帶來許多麻煩，趁現在先道個歉。

應該先從努力不製造麻煩開始做起之類的申訴我也接受，非常抱歉！

總覺得每次完成原稿的時候都在向很多人道歉。

如此這般，篇幅也已經來到了最後。

在此向拿起這本書的所有讀者，致上最深的感謝！

暁　なつめ

為美好的世界獻上祝福！外傳
暁なつめ
為美好的世界獻上爆焰！
illustration 三嶋くろね
好評大熱賣!!
《為美好的世界獻上祝福！》惠惠視角的衍生外傳登場！
「——請妳教我剛才的魔法。」
一指的天才魔法師惠惠
在此即將揭開紅魔族首屈一指的天才魔法師惠惠
一日一爆裂的真相……！
小説家になろう
出自「成為小說家吧」網站

Kadokawa Light Novels

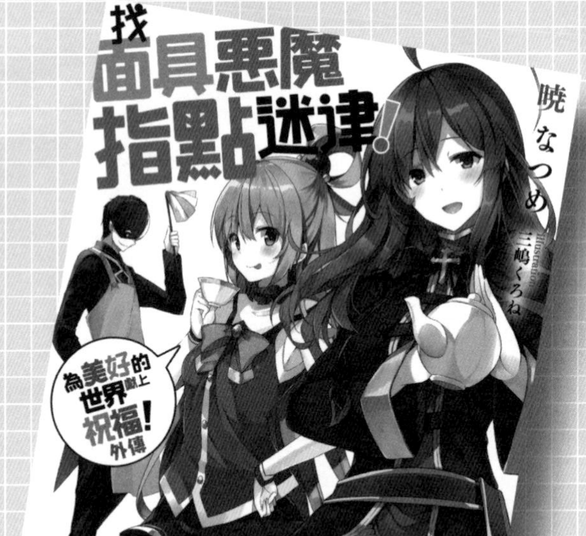

為美好的世界獻上祝福！外傳

找面具惡魔指點迷津！

Kadokawa Fantastic Novels

作者：暁なつめ　插畫：三嶋くろね

「歡迎來到諮詢處，迷惘的女孩啊！
不用客氣，無論任何煩惱都可以對吾吐露。」

低調座落於阿克塞爾的「維茲魔道具店」受到沒用老闆維茲拖累，一直處於經營困難的狀態。於是，本為魔王軍幹部又是地獄公爵，現在則是個打工人員的巴尼爾，打算以「預見未來」為冒險者提供諮詢服務好賺取報酬——巴尼爾與維茲的邂逅也終於揭曉！

NT$230/HK$70

台灣角川

Kadokawa Light Novels

為美好的世界獻上祝福！EXTRA

讓笨蛋登上舞台吧！ 1 待續

作者：昼熊　插畫：憂姫はぐれ　原作：三嶋くろね　角色原案：三嶋くろね

《美好世界》的人氣角色群聚登場，
另一位主角將大肆活躍!?

自稱統治初學者城鎮阿克塞爾的小混混冒險者——達斯特總是非常缺錢。在和真他們逐漸提升名氣時，達斯特卻為了在阿克塞爾賺錢而想盡各種瀕臨犯罪邊緣的鬼點子！這時，他卻從巴尼爾口中得到不吉利的預言……!?由達斯特視角展開有點色色的外傳登場！

台灣角川

NT$200/HK$60

國家圖書館出版品預行編目(CIP)資料

戰鬥員派遣中! / 曉なつめ作 ; kazano譯. -- 初版.
-- 臺北市 : 臺灣角川, 2019.01-
冊 ; 公分

譯自 : 戦闘員、派遣します!
ISBN 978-957-564-696-7(第1冊 : 平裝)

861.57 107019870

Kadokawa
Fantastic
Novels

戰鬥員派遣中！ 1

（原著名：戦闘員、派遣します！ 1）

2019年1月19日 初版第1刷發行
2021年6月24日 初版第2刷發行

作　者：暁なつめ
插　畫：カカオ・ランタン
譯　者：kazano

發行人：岩崎剛人
總編輯：蔡佩芬
編　輯：高韻涵
美術設計：李思穎
印　務：李明修（主任）、張加恩（主任）、張凱棋

發行所：台灣角川股份有限公司
地　址：105台北市光復北路11巷44號5樓
電　話：（02）2747-2433
傳　真：（02）2747-2558
網　址：http://www.kadokawa.com.tw
劃撥帳戶：台灣角川股份有限公司
劃撥帳號：19487412
法律顧問：有澤法律事務所
製　版：尚騰印刷事業有限公司
ＩＳＢＮ：978-957-564-696-7